내가 무엇을 쓴다 해도

내가 무엇을 쓴다 해도

이근화 시집

창비

차
례

산유화

303동과 304동 사이 버려진 분홍 땡땡이 팬티
누구의 것일까
부끄러워 아무도 손대지 못한다
다 늙은 관리인이 치우며 슬며시 웃을까
그럴지 몰라 잊은 듯 잊지 않은 듯
호주머니에 넣고 다닐지 몰라
어느 창문에서 무슨 바람을 타고 어떤 사연을 날리며
날아온 것인지는 아무도 모르지만
꽃인 듯 한참을 바라보았던
가을 햇살을 눈부시게 갈라놓았던
그런데 어쩐지 젊음도 늙음도 그 안에는 없고
향기도 주인도 없다

종종 아이들이 불다 버린 본드를 보면
마음이 공연히 깡통처럼 뒹굴고
검은 비닐봉지를 밟은 듯 발이 꺼진다
벽에 죽죽 낙서를 하며 인생의 몇 페이지를 넘겼을지도
몰라
  오늘 한권의 책이 바닥으로 무의미하게 떨어졌다

고개 숙인 사람들의 시선이 제 발끝에 이를 때에도
죽음은 끝까지 눈물을 모르겠지
그런데 버려진 팬티라니
내 마음속에 꽃이 피었네
불가능한 꽃
불가해한 꽃

저만치 버려진 팬티는 내 것이 아니다
나를 모른다
그런데 내게 주어진 단 하나의 꽃잎은
누구에게 던질까
누가 될 거니
오늘 나의 산책과 명상에는 무늬가 없다
내일 우리의 논쟁과 수다는
테이블 위의 접시를 몇번이나 갈아치울지
주인을 잃은 이름들이 하나둘씩 떠오르는데
비가 와도 젖지 않는
더이상 떨어질 곳이 없는
꽃잎의 어지럽고 어려운 방향을 따라가본다

택시는 의외로 빠르지 않다

창문을 여는 데는 그만한 이유가 있다
질식을 간신히 면할 만큼만 지독한 이것은 무엇인가
급한 마음에 흔들어댔던 오른팔을 진즉에 거두었지만
거둔 팔을 잘라 귀를 막고 싶다
내 고장 칠월은 청포도가 익어가는 시절을 노래하는 기
사님
날 가르치려는 학교 택시

사탕 같은 것이 가방 구석 어딘가 굴러다닐지도 몰라
혀를 차고 굴리고 반복하면
입안에 쓴 것을 삼킬 수 있을지도 몰라
호흡이 서로 달라져서 칼이라도 들이댄다면
서로 지지하는 정당이 달라서 창밖으로 내동댕이친다면

물론 그런 적은 없다
라디오 볼륨이 너무 크거나
채널 선택이 마음에 들지 않거나
대꾸할 말을 쉽게 찾지 못해 졸거나
졸음 끝에 놀라운 각성과 교훈이 오거나

아무렇게나 구겨져 졸다가
뒷좌석에 두어번 토한 적이 있고
맨정신에 지갑을 흘린 적이 두어번 있다
번호판이나 기사 이름은 생각나지 않는다
골목을 빙빙 돌다가 아무 데나 버려진 것이겠지
그도 그럴 것이다

무수히 많은 사람들이 골목길에 버려졌을 것이다
그걸 택시 졸업이라고 해야 할까
오늘 길은 갈래갈래 뻗어 있고
쥐새끼 두더지 표범 하마 들처럼 줄지어 서서
어디를 무엇을 누구를 물어뜯을지 뻔한 표정으로

오늘 우리의 식탁 위에는
조작된 게임과 매끄러운 커튼이 있고
우스운 과거와 무시 못할 가족력이 있고
사업 실패와 약물 중독 사이 마주칠 수 없는 눈이 있다
그리고 택시는 의외로 빠르지 않다

코맥스 200

우주선은 아름답지만
알 수 없는 곳으로 흘러가다가
정적과 암흑의 놀이터가 되겠지
이곳에서 너무 멀어서
코맥스 200

곧 쓰레기가 될 이 비닐장갑은
우주선의 이름 같다
이백매인지 아닌지 세어보지 않겠지만
미아가 될 우주선의 운명처럼
내 손은 이백번씩
투명하게 빛날 것이다

날마다 죽는 연습이라면 어떤가
우리가 티슈를 뽑아 쓸 때마다
티케팅을 할 때마다
줄어드는 것이 있다면 어떤가
늘어나는 것이 있다면 무엇인가
내가 사라진 자리를

나는 느낄 수가 없다
당신의 표정을 읽을 수 없다
나는 보호받고 있다고 믿어야 하는지
지나치게 반복적이어서
누군가는 웃었고
깊어진 주름 속에서
적막과 허무가 그네를 탄다

내가 무엇을 쓴다 해도

오늘밤 한권의 책이 나를 낳았다
피부와 머리카락이 없고
입술과 성기가 없는 어여쁜 사람
오늘밤 내가 태어나고 나는
한권의 책을 네 옆구리에서 다시 찾아냈다
여러개의 서랍 속에서
모두들 태어나고 싶은데

그게 나를 부르는 소리라니
안아줄 팔도 없이
달려갈 발도 없이
네가 나를 부른다
아무 냄새가 없는 꿈속에서
나는 괴로워한다
나의 탄생을
한권의 책을

그건 내가 너를 만나는 동안 만들어낸
길쭉한 귀 동그란 코 벌어진 입술

애써 얼굴을 지우며
한권의 책을 가만히 내려놓았다
그게 너일까
한권의 책 속에서
정말 그렇게 살려고 내가 태어났다

네가 영원히 죽는다 해도
내가 무엇을 쓴다 해도

왜 당신이 가져갔습니까

상자 속에는 도넛이 여섯개
무르익은 여섯개의 구멍이 있습니다
따뜻한 손가락으로 당신의 꿈을 휘젓고 싶습니다

지난여름에는 살구가 익었고
투박한 소리를 내며 떨어졌어요
사람들이 서서 저마다 살구를 기다렸는데

굼뜬 할머니들이 눈썹을 치켜떴습니다
그래요 상자 속에 여섯개의 도넛이 있고
얇게 저민 살구를 얹어서 크게 입을 벌릴게요

살구나무 아래 묻어두고 싶은 것이 있었지만
여름은 쉽게 지나갔고
눈먼 고래의 꿈속에서 도시들이 휘뚝휘뚝 무너졌습니다

빈 의자가 뜻없이 돌아갑니다
나의 꿈속으로 당신의 회색 발이 건너옵니다

내가 더 많이 꿈꾸고 사랑하고 춤을 추고……
차가운 바늘이 나의 향긋한 꿈을 꿰맵니다

한파와 폭설로 기울어진 지붕 위에 당신이 앉았습니다
당신의 주름진 입술이 새로 태어납니다

그런데 왜 당신이 가져갔습니까
신 살구를 깨물어 먹으면서도
그게 당신의 무너진 꿈인 줄 몰랐습니다

당신이 살아 있다는 것

사람들에게 새해 인사를 건넸어
일월 일일 영시 세계 각국의 인사말들이
동시다발적으로
순차적으로
이 지구를 돌고 있겠지
그래 그 말이야
당신이 살아 있다는 것
그래서 그걸 축복하고
당신의 살아 있음을 내가 안다는 거
지금 우리가

놀랍게도
이백번을 말한다 해도
자연의 속도로
조금씩 늙어가겠지
벌을 서듯 잠을 자는데
겨드랑이를 집요하게 파고드는 것들
이미 죽은 네가
새해 인사를 건넨다

이미 죽은 내가
새해 국수를 먹는다

자라다가 만 손톱
가는 머리
더이상 살찌지 않는 몸
나도 나를 새롭게 사랑할 수 있을 것 같다
공원 계단에 술 취해 쓰러져 자는 남자의
검은 외투 속으로 들어가
그곳에서 조용하게 잠을 자고
살을 부비고
새해를 낳아주고 싶다
버석버석 일어나 길고 긴 하품을 하고 싶다
향긋한 입속에서 태어날 내 새끼들

유통기한

오늘은 검은 비닐봉지가 아름답게만 보인다
곧 구겨지겠지만 그게 무슨 상관이람
사물의 편에서 사물을 비추고
사물의 편에서 부풀어오르고
인정미 넘치게 국물이 흐르고
비명을 무명을 담는 비닐봉지여
오늘은 아무렇게나 구겨진 비닐봉지 앞에서
미안한 마음이 든다

블루베리

아버지의 스물일곱과 만났다
가슴이 떨렸고
울음이 솟구쳤다
도륙의 방에서였다
젊었고 안타까웠고
빗줄기가 은화처럼 쏟아졌다

검은 개가 문을 지키고 있었다
발자국이 투명해졌지만
젊은 아버지 곁으로 갈 수가 없었다
나의 두 귀를 던져주고
아버지의 스물일곱을 잡으려 했다

눈사람이 검은 입술로 노래를 했다
이토록 추운 스물일곱
이토록 따가운 스물일곱
개가 나무에 매달렸다
검은 두 눈알이 쏟아졌다
아버지의 젊음이 호주머니 속에서 사라졌다

요양원

당신의 입술은 회색
쉭쉭 바람 소리가 난다
당신의 말은 달콤해
내가 스르르 넘어간다

내게 다음 페이지가 생긴다
당신은 지치지 않고 회색
내 피는 그게 아닌데
내 꿈은 배가 고프다

당신의 회색이 솟아오른다
차갑거나 뜨거운 것이 아니다
오늘도 살아야 하는데
내 목소리가 저기 멀리서

되돌아온다 고마워
내가 끝까지 사랑할게
이제 신발을 신으러 갈까
나의 발은 너에게 줄게

오늘밤에는 그런 거야
길 위에 더럽게 버려진 우리들
당신이 삼킨 것을 왜 별들이 토해내지
손끝에 거대한 잠이 매달린다

끝이다 끝날 수 없다
검은 나무의 말이다
이건 아니야 정말이야
새벽 창문이 비를 맞는다

대화

겨드랑이 밑으로 숨어드는 얼굴을 자꾸 끌어다놓고서
나는 거짓말을 잘하는 사람이 아니다

옥수수알들이 옥수수를 향해 결의하듯이
뜨거운 햇볕을 견디며 하품하듯이
옷을 입고 옷을 입고 옷을 입고

당신은 앞니 두개가 튀어나왔다
당신은 곱슬머리를 갖고 있다
당신의 눈은 졸음을 향해 간다

나는 대답을 잘하는 사람이 아니지만
늘 언제나 매일
머리를 빗고 머리를 빗고 머리를 빗고

나는 내 앞의 사람을 사랑하는 사람이다
나는 내 옆의 사람을 끝까지 사랑하는 사람이다
사랑으로 체중이 늘고 체중이 늘고 체중이 늘고

우리는 발을 씻듯 허무를 견디고
계단을 오르듯 죽음을 비웃고
닭다리를 뜯다가 시계를 보고

외로운 조지

한밤중 냉장고에서 초콜릿을 꺼내 먹고
옥상으로 올라가 날개를 단 조지
조지는 점박이무당벌레같이 웃었지
버스에서 조지를 만났다면 모른 체했을 것이다
그의 외로움을 돌멩이처럼 차버렸을 것이다

갈라파고스코끼리거북이 조지는
이 세계에 또다른 내가 있을 거야
죽을 때까지 믿었을 것이다
코끼리스러움에 거북이를 들이대고
거북이스러움에 코끼리를 들이댔다
그의 외로움을 머리로 이해하려 들었다

조지들은 왜 다 외로운 걸까
오늘밤 조지 조지 조지 중얼거려본다
입술에서 쉭쉭 바람 빠진 소리가 난다
내가 아닌 네가 조지가 된 날이어서
실컷 욕을 하고 있는 것이다
그 욕이 빛나고 흔들리는데

넘치는 것은 나 혼자가 아니다
황톳빛 강물 위로 스티로폼 조각이 떠간다
어젯밤 누군가 중요한 신발 한짝을 잃었고
차가운 발은 새벽까지 울었겠지
그리운 조지 오늘은 누구와 입 맞출까

조지들의 외로움은 너무하다
그중에는 정말 조지도 있었을 것인데
이 세상의 너무 많은 조지들이
조지들의 별 같은 외로움이
중력을 벗어나서 갈 데가 없다
이 중력을 베어낼 수가 없다

태극당 성업 중

삼일절이다
대한은 독립
한끼는 빵을 먹고 만세
태극당 옛날식 빵집에 앉아
크림빵 도넛 카스텔라를 먹고 있는 사람들
입속 가득 뭉개지는 것이 정말 빵이란 말인가
도대체 무엇으로부터 독립할 것인가
반죽처럼 엉키는 질문들

태극당 옛날식 빵집에는
전병들이 층층 기와집을 이루고
비닐봉지 부스럭거리며 삼일절을 죽이는 사람들
내 집을 나와서 남의 집 앞에 문전성시를 이룬다
정말이지 내 집은 아니지
집 없는 사람이 어뎄나
여깄지 여깄네
집 있는 사람들을 끌어당기지

돼지들이 웃었다

네발로 그랬는지도 모른다
꾹꾹 땅을 밟고 끝까지 참았는지도 모른다
독립 따위는 관심 없는 돼지들
저 잉어의 이름을 돼지라 지어주었을 뿐
어항 밖에는 못 먹을 빵들이 가득
등이 휜 늙은 잉어는 아직도 죽지 못했다
물고 죽을 바늘이 없다
오늘은 독립을 꿰매야겠다
갈기갈기 찢긴 사람들을

다시 사랑

어둠을 뚫고 가는 버스 덕분에
우리의 발걸음이 더 아름다워진 걸까
다음 버스를 정말 탈 수 있을까
신호등이 깜박거린다
지나가거나 멈추거나
그것은 분명하게 삼원색
세개의 눈으로는 부족한 우리

차창에 어른거리는
나비 잠자리 풀벌레
모두 죽어라
불타오르기 좋아라
대합실에서 졸고 있는
너의 달콤한 땀 냄새
우리는 오늘 어디로든 간다
간다

오늘 네 얼굴에 떠도는 것을
어렵게 미소라 불러도 될지

너는 남자도 여자도 아니고
다만 오래되었을 뿐
끝까지 살아남은 주인공들이
이야기 속에서 빛난다

입을 열지 말고
눈을 뜨지 말고
귀를 영원히 닫고
그냥 가라
네 손에 쥔 것은
우산 꽃다발 모자 지팡이
내가 알지 못하는 나의 뒷모습

세번째여서 아름다운 것

내가 네 미래의 책을 사랑할게
아직 떠오르지 않은 무지개를
거기서 뛰놀고 있는 너의 흰 발을

너는 숨 쉬지 않는다
나는 태어나지도 않았다
그런데 우리는 열심히 사랑하고 있다
땀을 뻘뻘 흘리며

미래의 씨앗들을 뱉고 있다
달콤할까 커다랄까
약속했어 정말이지

이제 너의 손가락이 만들어질 차례
끝까지 네가 씌어질 차례
단단해진다
봉긋해진다

우리가 함께 태어난다

한몸으로

아름답지 않지만

동시에 늙어가지만

트렁크

내 다리가 두개인 것 같다
길이는 같지 않지만
날마다 새로운 곳을 향해 나가려 하고
또 조금 실패하는 것 같지만
부끄럽지는 않다

옆으로 돌아누우면 금세 거대한 잠에 빠져든다
사슴의 얼룩을 잡아보려고 하지만
두 다리는 힘이 모자라고
딛는 곳마다 젖은 발자국 되살아난다

내가 태어났네
내가 태어났네
내가 두개네 세개네
완성되지 못했네

발끝에 발가락이 새싹 같고
새싹을 씹는 고소한 맛이 몸을 어루만진다
푸른 방에 피가 넘친다

내가 나를 갖게 되었어
나는 부자네 그리고 내 몸이 있다
머리카락이 돋았다
그것도 나의 것이다

너는 여행을 떠나지
나는 여행에서 돌아왔어
두 발이 조금 녹았고
부드럽다

그림자

개의 이빨보다 질겨서
물어뜯는 것보다 핥는 것이 낫겠다
오늘 더위 속에서는

그림자도 녹는다
대지 위에 달콤하게 스며든다
질투와 원망의 힘으로 빛난다

그림자의 안부를 물을 수 없고
그림자와는 식사 약속을 할 수 없다
이런 것이군

신발끈을 고쳐 맨다
끝까지 달려 턱을 빼놓는다

시계 나사를 조이고 권총을 당긴다
손가락으로 요약할 수 있는 삶이란 무엇인가

기울어진 어깨는 그림자의 것인데

그림자는 담배를 피울 줄 모르고
자정부터 새벽까지 웃는다

오늘 더위는 맵다
한 사람이 자기 팔을 뜯어냈다
냉동실 가득 그림자를 채우고

스파이

소리의 크기를 표시하는 단위를 생각하다가 잠이 들었어
세탁기 소리는 청소기 소리보다 다정하고
재채기 소리는 코 고는 소리보다 우습고
가위질 소리는 물 끓는 소리보다 단정한 것 같아

연못의 고요는 허구야 물고기들이 떼로 트림을 하고
야구장의 함성은 언제나 침묵과 고요의 시간 뒤에 오고
머리카락이 싹둑 잘려나갔지만 아무것도 반성하지 않
았다
희고 딱딱한 귀가 오늘은 파도 소리를 담으러 바다로
간다

한달 전에도 일년 전에도 내 귀는 거기 달려 있었는데
십원짜리 동전처럼 쓸모없이 생각되었는데
머릿속에서 귀는 언제나 찌그러져 있고
남의 뒤통수는 늘 시원하게 보인다

파도는 시원할까 날마다 조금씩 뜨거워질까
추억을 녹이며 죽어가는 노인들의 미지근한 백발이여

평범한 소리를 담기 위해 지불해야 할 것이 많은 것 같아

나는 매일밤 잠이 들고 말았지만

비의 기록

빗줄기는
오늘밤 따위는 기록하지 않는다

손이 없고
마음이 없고
공백이 없다

멀뚱하게 뜬 눈으로
아무 말이나 지껄여서
엉망으로 취해서

내가 최고다 비에 젖었다

빗줄기는 의도가 없다

칼이 아니고
표정이 없고
죽음이 없다

노래하는 빗줄기를 보았니
탐스러운 엉덩이를 보았니

찌를 곳이 없다
빗줄기 사이를 건너가는
빠르고 정확한 사람은 없다

우체국이 불타올랐다

내 사랑이 더 크고 뜨겁고 강렬해서
오늘은 밤이고
우산이 필요하다

내일은 거짓말이 된다

빗줄기가 알고 있는 당신의 어깨를
내가 모르니까
더 즐거운 것 같다

집은 젖지 않았네

창문이 조금 열려 있었고
그 사이로 낯선 손을 들이민 사람이 있었다
집은 거부를 모른다
나와 너와 우리가 그 집에 기대어

세상에서 가장 웃긴 일이 일어났지만
아무도 웃지 않았다
발소리가 푹푹 꺼지고
집은 사라질 줄 모르고

거대한 허기와 만났지
어제는 말이야
굉장했어
지붕의 이야기가 뚝뚝 떨어진다
누군가 정말 죽을 것 같은 밤이다

그러나 발만 빠졌네
세상에서 가장 큰 호수에
차갑지 않다

뜨겁지 않다
나의 집으로 가고 싶다

조금 떠 있고
늘 가라앉아 있는
헤매고 방황하는 집
발이 쉬지 못하는 집

너의 집은 어디니
누군가 진지하게 물었다
정확히 그것을 모르지만
나는 밤마다 발이 닳도록
그곳을 찾아가요

큰 입을 벌리고 나를 삼키고
나는 즐겁게 죽어간다

집의 입술은 마르지 않았네

집으로 가는 길

포물선을 그리며 날아가다가
화살은 맨땅에 박혔다
누군가의 심장을 뚫지 않아도 좋았다
사랑한다는 말
배가 뚱뚱한 아저씨들이
부지런히 주워 담았다
허리춤에 작은 가죽 주머니가 부풀고

강물의 범람을 안고 칸나가 피었다
가로등에 덕지덕지 붙은 달팽이들
난간에 걸쳐 있는 물렁한 지렁이들
모두 제 살과 피가 닿지 않는 곳까지 왔다
발자국이 붉다
무엇인가를 묻고 있었지만
누가 그 입술에 대답을 할까

골목에 새로운 가게가 태어났다
오가며 공연히 기웃거렸고
나의 사람들을 초대하고 싶었으나

오늘도 조용히 하루가 갔다
비가 흩날렸고
눅눅한 우편물들이 도착할 것이다
발이 젖은 사람들이 서둘러
집으로 가겠지

크레인은 좀더 속도가 늦다
신중하게 철조물을 옮기는데
그것들도 집이 있을까
임시 가교를 수개월 동안 건너다닐 것이다
나의 두 발을 사랑해야겠다
뚜렷하게 발음되지 않았지만
그냥 그럴 것이다
기록되지 않은 하루를

미믹 버스

너의 집 앞에는 항상 다른 사람이 서 있다
다른 사람이 기다리다가
너처럼 들어간다

너의 변기에 잠깐 앉아서 잡지를 들춰보고
네 침대에 누워 이불에 깊게 밴 너의 냄새를 맡는다
베개가 너인 줄도 모르고 눈을 감는다

너의 집은 쉽게 다른 사람의 집이 된다
도넛 가게가 된다
동그랗고 달콤한 도넛들이 둥둥 떠다니다가

다른 사람의 입속에 들어가고
너의 침을 꿀꺽 삼킨다
구멍이 너인 줄도 모르고 커피를 홀짝인다

블라인드를 내린다
어둠이 너인 줄도 모르고
다른 사람은 은밀하고 부끄러운 곳에 손을 댄다

정말 근사해진다

네가 다시 태어나는 줄도 모르고
그게 너인 줄도 모르고
아 오늘 햇살이 정말 끝내준다고 말하는 입술

네가 낮과 밤에 대해
살아 있는 것과 죽어가는 것들에 대해
낙관하는 사이
다른 사람이 잠깐 죽었다

언제 그랬냐는 듯이 너는 의자를 끌어당기고
온몸에 빛을 한줌 흘려넣는다
너는 오래 즐겁다 다른 사람처럼

네가 깜빡 잊은 게 있다는 듯이
영원히 잊고 싶다는 듯이
까르르르 흐르르르 웃는다

가짜 논란

진짜라고 말하면 그냥 믿고 싶다
가짜면 더 즐겁겠지
헤벌쭉한 지갑이 입술 같다

냄새를 맡아봐도 소용없다
진지하게 묻는다면 너는 정말 나쁘다

그걸 내가 어떻게 아니
도시의 불빛이 너무 아름다워서 기어들어가고 싶다
손가락이 들러붙고 얼굴을 잃는다고 해도

부글부글 흘러나오는 지옥의 음악 소리는
얼마나 배가 고픈 것이겠어

가짜라고 우긴다면 내가 울어줄게
진짜라고 사기 친다면 내 목숨을 주지

부러진 다리 툭 끊어진 살들
그런 것을 본다면 나는 최선을 다할 것이다

피가 그렇게 쉬울 리 없다

슬픔은 들리지 않는다
고독은 냄새 맡을 수 없다
교각은 외로운 다리를 강물에 빠뜨리고

죽은 이들의 입속에 흘러들어간
거친 모래알들 아무것도 모르는 풀잎들
그걸 어떻게 빼야 할까

바닥이 푹 꺼지고
우리가 애써 그린 지도들은 마르지 않네

가파른 돌계단에서
잠깐 발을 헛딛고 기우뚱거렸다
나의 두 발이 틀림없다고 말할 수 있을지

네덜란드인과 결혼하기

18세여도 26세여도 좋습니다
매일 아침에 나는 일어납니다
까페에서 일하고
낮이나 밤으로 취하러 갑니다
취한다는 것은 인생을 의미하는 것 같습니다

죽어도 죽지 않는 머리카락
도달할 곳이 없는 세계에서
나는 가위를 듭니다
머리카락을 남겨두기 위해 부지런히 배우고
손가락 사이로 떨어지는 것이 있습니다

옆으로 기어가는 게들처럼
앞모습을 파도에 내주고
집게로 허공을 집어내는 게들처럼
나에게 밀어닥치는 것은 나의 운명
날아서 갑니다

거대한 풍차를 돌리기 위해 갑니다

구름을 밟고 땅을 밟는 것이 순서입니다
허공의 뺨을 두들기는 빗줄기들
사라지지 않는 구름들의 회색
웃고 있는 나는 18세이며 26세이지만
내일의 이름은 천둥이며 번개입니다

두시

난민의 시간

수도꼭지에서 푸른 물이 똑똑 떨어진다

마르지 않는 손등
밀어도 가지 않는 고무보트

너무 많은 방향을 가졌네
웃음소리가 새어나간다

울 수 있단 말인가
손가락을 하나씩 만져보았다

우리의 욕설과 기도는 말랐다
거친 이가 있었다

오늘은 너의 얼굴을 물어뜯을 차례
배고픔 때문이 아니다
두려움 때문이 아니다

슬픔 때문이라면 나의 코를 베어냈을 것이다

내 마음은 피바다를 건넌다*

포춘쿠키 속에서 내 미래를 걸어나온 이의 옷깃은 붉다

그가 내게 빈틈없는 웃음을
그가 내게 헛헛한 박수를
그가 내게 따뜻한 밥 한그릇을

내 마음은 피바다를 건넌다
그의 투명한 발뒤꿈치를 따라간다
아직 나의 것은 아니지

허기와 온기와 비의를 헤치고
같은 질문을 매번 다르게 하는 재주가 우리를 이끌고 있
어서
우리의 바다가 알록달록 물든다

큰 배도 작은 배도 깃발도 바람도
나의 것은 아니지
그의 주머니는 언제나 불룩해서

아름답게 엉킨 그물 속에서 황금 가오리가 날고
갈매기의 매운 부리가 파도의 말을 배운다

조금씩 나누어줄 것이 있는지
오늘 요란하게 종이 울린다
나의 행운과 비운을 사러 간다

방향과 속도를 모르고 헤지는 시간
내 마음은 피바다를 건넌다

*바흐의 곡.

나의 소원

쪼글쪼글한 포도 한알을 입에 넣고 굴린다
죽은 벌레들이 되살아난다
찍찍 씹다가 뱉어버린다
새들이 모두 날아가버린다

어딘가로 흐르지 못하는 어둠이
갈매기의 어두운 눈처럼
꿈꾸는 화살표처럼
허공을 찌른다
누군가 고요히 피를 흘리겠지

메마름은 무엇인가
장맛비가 주룩주룩 내리는 새벽의 질문은 잘못되었다

천장을 올려다보면서
다 죽은 포도를 되살리고 있다
나중까지 아주 배가 고플 것만 같다

당신이 죽을 때까지

나는 태어나지 못하겠지
포도의 운명, 운명 중얼거린다

쪼글쪼글한 눈알을 씹으며 술잔을 기울인다
메마른 입술에서
근사한 포도 향기가 난다면 좋겠다

그것이 너의 소원이니
굵은 빗줄기 속에서는 잘 들리지 않는 말이 있다

미역국에 뜬 노란 기름

친정엄마가 미역 다발을 끌어안고 오셨다
미역과 엄마의 키가 거의 같았다
발을 질질 끌었을 것이다 미역도 엄마도
등산 배낭에는 얼리지 않은 소고기 덩어리가
시뻘건 물을 흘리고 있었다
택시도 버스도 마다하고
소고기는 제 살에 다리를 달았을 것이다
여섯개의 피곤하고 절룩이는 다리들이
저녁 식탁에 고요히 놓인다
미역국에 뜬 노란 기름은
눈물 같고 고름 같고 죽음 같다
흐르지 않고 동그랗게 고인다
잊지 못하고 되돌아오는 꿈속의 연인들처럼
고독한 순례자처럼
성지에서 터지는 폭탄처럼
폭력적이고 슬프다
한 방향으로만 한 방향으로만
오늘 꿈속에서 당신이 바짝 마른 얼굴로 앓고 있었다
당신을 위해 미역국을 한그릇 떠서

아슬아슬하게 옮겼다
뜨거운 손가락을 어쩌지 못해 발을 동동거렸다
서둘러 가기에는 다리가 부족했다
당신은 식탁이 없고 숟가락이 없고
미역국의 기름을 뜨지 못하고 사라지고 만다
내 어머니의 노란 얼굴을 보지 못하고
여섯시가 된다

도서관에 갔어요

도서관에 갔어요
걸어서 갔어요

첫째 날은 이별을 고하는 한 남자를 만났습니다
꿈의 허연 입술을 가지고 돌아왔습니다

둘째 날의 도서관은 조금 추웠습니다
쓰레기통에 처박힌 낡은 스웨터를 다시 꺼내들었어요

멀쩡한 여자가 책과 책 사이에서 울고 있었습니다
집을 잃었다고 했습니다

셋째 날의 도서관은 텅 비었어요
바작바작 종이를 씹어 먹었는데

물고기 같은 것이 튀어올라
작고 빛나는 글자들을 토해냈습니다

어지럽고 기분이 막 좋아집니다

도서관에 갔어요
발을 질질 끌고서

사탕을 천천히 오래 녹여 먹으면
죽을 때 그렇게 된다고 했습니다

다정한 팔이 나의 목을 조여옵니다
입 없는 사람들이 무섭게 서 있었어요

도서관에 갔어요
죽음이 덜컹거리는

… 왔어요

선생님
… 왔어요
반가우실지 어쩔지 모르지만
… 왔어요
물고기 같은 표정으로

화내지 마세요
진짜 같잖아요
… 왔어요
저는 빨간 드레스를 입고 있어요
선생님의 안녕과 평온을 빌며
화산 같은
마음은 그냥 두고

이 세계는 배울 것이 많고
이 세계는 떠나는 사람이 많고
이 세계는 돌아오면 받아주지 않고
꽁꽁 언 발로

… 왔어요
모르잖아요
그래서
저는 빨간 드레스를 입고 있어요
글쎄요
이 세계는 반짝
잘 모르겠어요

… 왔어요
… 왔어요
… 왔어요
얼굴이 없는 채로
죽음을 끌고서
… 왔어요

사진 속에 딸기잼 한병

과장된 몸짓과 표정으로 웃고 있었다
찡그리고 있는 것과 거의 같았다
누군가 김치 치즈 스마일을 외쳤겠지
셔터가 요란히 터졌을 것이다
축하는 어떻게 만들어지나
애써 들여다봐도 보이지 않는 것이 있었다
무른 딸기 한상자를 끓여서 졸이고 있었다
하루 정도 식혀야겠지
뚜껑을 꼭 닫아야겠지
딸기잼이 한병 익어갈 동안
사진 속에서 누군가 계속 웃겨야 했다
사람들은 간단히 동조했을 것이다
정말 웃겼던 것은 아니겠지만
찐득한 웃음이 사진 바깥으로 흘러내리고 있었다
아직 드러나지 않은 이야기들이 있었다
좀처럼 드러내고 싶지 않은 감정들을 꽁꽁 숨긴 채 웃고
있었다

연못 속에 없는 것

연못 속에 물고기 물고기 물고기 물고기 물고기가 있
어요
연못 속에는 아버지가 없고

연못은 그림자를 삼켜요
고요하게 뱉어요
연못 속에는 아버지가 젊어요

연못 속에서 물방울 물방울 물방울 물방울 물방울이 태
어납니다
연못 속에서 아버지는 영원하고

연못은 무지개를 낳아요
입이 없어요
연못 속에서 나는 춤을 추고
음악은 멈출 줄 모릅니다

나는 비자연

나는 비자연
여기저기 공기를 섞어놓는다
손에 묻은 얼굴은 지워지지 않는다
물과 흰 빵을 뜯어 먹고
아랫배에 조금씩 나를 버린다
나는 비자연
깡통을 걷어찬다
고인 물이 사방에 퍼뜨린 욕설만큼이나
입김이 뜨겁다
나를 이곳에 내려놓고 가는 건
중대한 오류
원래 있었던 곳에서 내 발걸음이 닿는 곳까지
개그가 넘친다
당신들이 차례대로 쓰러져도
용서해주지 않겠다
나는 비자연
소유권을 주장할 수 없다
빗줄기가 우산을 통과한다
엉망으로 튀어서

나는 다시 살아볼 생각이다

오르페

남자 오르페를
여자 오르페가 노래해서
오르페가 오르페가 아닌 것은 아니지만
오르페는 너무 잘 이해가 돼서
오르페는 너무 절실해서
뜨겁고 사랑하여 오르페

뒤가 없다면 오르페
남자도 여자도 없겠지
오르페가 오르페가 아니라면
사랑도 죽음도 없겠지
분별도 능력도 사라지겠지
너무 절실한데 대상이 없다면
그것은 무엇인가
뜨거움과 깊이가 있는데
무엇과 입을 맞추나

나에게 오라
오라

지금 여기에 오르페
아무것도 무엇도 없이
망설임 없이
기억도 망각도 없이
삐걱거리는
남자 오르페를
여자 오르페가 노래한다

작은 불빛에도

작은 불빛에도 글자가 보입니다
빛나는 일요일과 십이월이
잠과 죽음의 고유함이
태양과 빛의 어둠이

작은 불빛에 의지해 글자가 사라집니다
당신의 굳은 얼굴이
살아나는 손끝이
영원히 죽어가는 돌멩이가

작은 불빛은 이제 곧 꺼져가는 성냥개비
영원히 가시지 않는 목마름
반복되는 더위와 계속되는 추위
녹고 있는 사탕
입속에서 태어나 곧 죽고 마는
다 하지 못한 말들
길을 찾지 못한 말들

이곳에 바람이 분다는 것을 비추는 작은 불빛들

닫힌 창문을 두드리는 죽인 이들의 간절한 손목들

삶이 모자라서

길고양이가
비둘기가
길가에서 터졌네
터져버렸네
소리 나지 않았네
빗자루가
걸레가
길가에 버려졌네
피 흘리지 않았네
낙엽이
자전거가
길가에 누웠네
뱅글뱅글 돌아갔네
영원히
고래가
굴뚝이
끓었네 계속해서
푹푹 방언을 했네
큰 목소리로

받아적는 손이 모자랐네
길가에서 도심에서 강물 위에서
삶이 조금씩 모자라서
영원히 죽은 얼굴로
걸어다녔네
발목이 가느다래졌네

3

책상 위에는 불가능한 메모가 잔뜩 쌓여 있다. 가능한 연필이 흩어져 있다. 2년 전의 책상이라고 당신은 말했다. 1년 전에 우리는 만났다고 내가 말했다. 지저분한 메모지 한장을 골랐다. 그 위에 썼다. 이리로 연락해요. 긴 숫자를 적었지만 숫자들은 짧아지고 흐려졌다. 3이 0이 되고 8이 되었다. 연락하지 못할 것이다. 지우고 쓰고 다시 써봐도 3은 뒤집어지고 엎어졌다. 커다란 구멍 속에 빠져 뒤뚱거렸다. 3이에요. 내가 말했다. 알아. 하지만 내 손가락이 3에 닿지 못하는구나. 당신이 대답했다. 책상은 점점 길어졌다. 다리가 짧아지고 많아졌다. 당신이 가느다란 손가락을 흔들며 내게 인사했다. 내가 떠날 방향을 알지 못한 채 눈을 떴다. 우리는 벌써 만났어요. 내가 말했다. 나는 이미 죽었어. 네가 다시 태어났잖아. 당신이 대답했다. 3이 곧장 달려나갔다. 따로따로 신발을 신고. 거울을 보고. 버스를 타고. 돌아오지 않았다.

여주

현관 앞 여주였다
오이도 아니고
호박도 아니고
삐죽삐죽 돌기가 많았다
제법 싱싱해 보였다
그런데 이걸 어쩌나

현관 앞 상자였다
여주가 가득했다
이국의 열매처럼 난해했다
썰어서 말리면 약이 되나
기름에 볶으면 고소한가
불안은 가시 같고
기대는 새싹 같다

장미처럼 아름다운가
나는 어떤가
잔디처럼 폭신한가
구르는 것은 나인가

이 죽음은 예견된 것인가
이 생명은 축복받은 것인가

미래는 입술이 없다
현관 앞 여주였다
상자 안에 가득하였다
튼튼한 주머니들
질긴 봉투들
의문의 열매들
주렁주렁 열렸다

나의 검은 손을
나의 미래라 한다면
이 여주는
현관 앞 열매는
상자 안의 질문들은
푸른 얼굴들은
은밀한 거래는
예견된 죽음은

출구는

뜻밖에도

멀리 달아나는 풍선을 향해 손을 뻗는다면
바보 같은 일이지
풍선이 터진다고 상상한다면
더 그렇지
풍선은 쪼글쪼글해진다
정말 바보 같은 일이다
풍선은 형형색색
무너진다
이런 바보가 어디 있는가
풍선을 핥는다면
그것이 키스인가
울퉁불퉁한 풍선을 향해
마음이 두근거린다면
대답하지 않는 풍선을 향해
고백을 한다면
불가능한 풍선을
빨강이라 한다면
그것이 파랑이 아니라고 한다면
풍선을 먹고

우스워진다면
웃음을 흘리고 만다면
뜻밖에도 당신의 얇은 입술이
열린다면

햇살에 꽂힌 듯 허공에서 떨고 있는 잠자리와 나의 불편한 관계

손에 가시가 박힌 줄 알았는데
끌어당겨보니 잠자리였다
붉은 꼬리와 그물 날개가 줄줄이
끌려나왔다 펄럭이며 날아갔다
죽음을 떨치고
나의 검은 손은 어떻게 하나
빈껍데기 손으로 무엇을 해야 하나

바닥을 쓸어본다
허공을 휘저어본다
가슴 위에 얹어본다
그것이 나인가
나의 입에서 흘러나온 노래가
내 마음인가
파닥이는 메시지가 나에게 닿지 않았다
잠자리가 나를 물고 날아갔으니까
내 손은 쓸모가 없고

저요

80

나예요
쓸모없는 입술이 남아서
나를 핥고 있었다
진심으로
진실한 마음으로
그게 나라고
침을 흘리고 있었다
햇살이 반짝이고 있었다

모란장

뙤약볕이 쏟아지고 있었다
개털과 닭털이 섞여 뿌옇게 몰려가고 있었다
기름이 지글거리고 있었다
마른침을 삼켰다

과일이 산처럼 쌓이다 허물어지기를 반복하였다
곡식이 시름시름 슬픔을 쪼개고 있었다
시장에 가는 게 내 잘못은 아니다

미친놈은 중얼중얼 취한 놈은 고래고래
욕설과 은어가 사람들을 튕겨내고 있었다
낮달은 민민한 낯으로 하늘을 갉아 먹고 있었다

헌 돈도 새 돈도 새파랗게 같았다
시든 야채에 물을 주면 살아날까 싶었다
살아남은 것이 너인가도 싶었다

약장수는 약 아닌 것도 끼워 팔고 있었다
너무 많이 배운 잉꼬가 형형색색 갇혀 있었다

덜 배운 비둘기가 회색빛 하늘을 날아가지 못했다
자유 평등 평화에 대해 묻지 않았다

좌판의 물건들이 나의 죄를 비추고 있었다
재래시장이 재래의 나를 비웃었다
숨바꼭질하듯 발걸음이 빙빙 돌았다
검은 봉다리를 주렁주렁 달고 걸었다

놀이동산에 없는 것

아이들은 과자를 떨어뜨리면 꼭 발로 밟는다. 비둘기들이 쪼아 먹는 걸 알고는 더 열심히 떨어뜨린다. 더 정성껏 밟는다. 아무렇지도 않게 흙을 파먹는다. 맛을 즐긴다는 듯이. 잘생긴 돌을 주워 입속에 쏙 넣고 천진난만하게 웃는다. 빼내도 도로 넣는다. 녹여보겠다는 듯이. 손끝에 시퍼런 풀물이 들도록 풀을 잡아뜯어 주머니에 욱여넣는다. 토끼라도 키우겠다는 것인가. 꽃의 모가지를 죄다 분질러놓는다. 아픈 꽃을 제 손에 움켜쥔다. 그것이 사랑이라는 듯이. 솜사탕을 아껴 먹는다. 무슨 보약이라도 된다는 듯이 더러운 손가락을 쪽쪽 빤다. 구름이라도 잡아먹을 태세다. 놀이에는 불가능이 없고 놀이동산에는 휴식이 없다. 살아남을 것이다. 돌도 풀도 아이도 구름도 공장도 토끼도. 저 비행기는 끝까지 날아오르고 떨어지지 않을 것이다. 놀이기구니까. 저 기차는 잘 달리고 전복되지 않을 것이다. 장난감 기차여서 빨갛다. 저 배는 항해를 마치고 정박할 것이다. 물 없는 세계에서.

대파에 대한 나의 이해

대파를 샀다. 중파도 쪽파도 재래종 파도 있었지만 대파를 샀다. 굵고 파랗다. 단단하고 하얗다. 맵고 끈적끈적하다. 대파다. 흙을 털고 씻었다. 부끄러운 것 같았다. 큰 칼을 들고 대파를 썰 차례다. 억울하면 슬픈 일을 생각하면 좋다. 도마 위에 가지런히 올려놓고. 대파니까. 시장바구니에 삐죽 솟아오른 것이 대파였다. 설렁탕도 골뱅이도 없이 대파를 썹는다. 미끈거리고 아리다. 썰어서 그릇에 담는다. 대파여서 뿌듯하다. 종아리 같은 대파였으니까. 파밭의 푸른 기둥이었으니까. 뿌리를 화분에 심으면 솟아오르는 대파니까. 허공에 칼처럼 한번 휘둘렀으니까. 대파하고. 파꽃이 피고 지면 알게 될까. 대파를. 뜨거운 찌개에 올려 숨 죽인 대파의 침묵을 어떻게 기록할까. 대파를 어떻게 만날 수 있을까.

한쪽 눈을 지그시 감고

등 한가운데 종기가 났다. 처음엔 근육통인 줄 알았다. 누워 자는데 뭔가 괴는 느낌이 났다. 약국에 가서 아직도 고약을 파나요, 물었다. 말하고 나서 이상했다. 아직도? 오랜만이다. 종기. 집에 돌아와 급한 마음에 뜯었는데 문제는 고약이 아니다. 팔이 닿지 않았다. 오른팔 왼팔 오른팔 왼팔. 어깨로 허리로 옆구리로 팔을 넘겼으나 종기에 닿지 않았다. 잘 붙일 수가 없었다. 환부를 두고 팔을 쭉쭉 뻗자니 원숭이가 된 기분이었다. 팔을 거두고 옆집 친구에게 전화를 했다. 집에 없었다. 바자회에 갔단다. 나보다 어려운 이웃을 돕고 있는 것이니 좀 참기로 하자. 그러고 보니 조금 전보다 더 쑤셨다. 거울 앞에 등을 비춰보며 다시 섰다. 한쪽 눈을 지그시 감고 다시 팔을 돌려 뻗었다. 그런데 이상하다. 얼추 붙일 수가 있었다. 팔이 모자란 것이 아니었다. 한쪽 눈을 감으니 코앞에 바로 보이는 것처럼 초점이 맞았다. 고약 하나를 붙이고 안심했다. 이제 곧 뜨겁게 타오를 것이다. 낮잠에서 깨어나 우는 아이를 업었는데 조그만 손가락으로 고약을 간단히 떼어버리고 종기를 후벼 팠다. 순간 욕이 튀어나왔다. 한쪽 눈을 지그시 감고 휘휘 둘러본다. 더 잘 본다는 것은 무엇인가. 두 눈을 똑바로 뜨

고 봤던 것들이 나를 비웃었다. 날마다 곪아 터지는 것은
종기가 아니다.

바나나 전선

단단하고 푸른 바나나를
트럭에 싣고 비행기로 옮기고
바나나는 배를 타고 고속도로를 달려
마트에 편의점에 시장에
스위티오는 달고
치키타는 매달고
델몬트는 오래다
바나나 전선이 형성되었다
비싸고 오랜 바나나
싸고 흔한 바나나
미끄러운 바나나
물렁한 바나나
바나나는 표정이 있다
잠시 입술이 되었다가
검은 침묵을 쏟아낸다
죽음의 맛은 언제나 최고라 상상해본다
언제나 최고의 순간에 죽고 싶다고 생각해본다
허무맹랑하고 믿을 수 없는 바나나
아이들은 따고 여자들은 담고 남자들은 옮겼을 것이다

한줌의 소문을 한상자의 고뇌를 한 트럭의 멸시를
바나나는 최고의 맛
바나나는 최선의 맛
꿈에서도 그것을 먹을 것이다
빨면 안되지 썰어서도 안되지
손을 바꿔 들어서도 안되지
길바닥에 흘린다면 죄가 되겠지
누군가 미끄러진다면 우스워지겠지
우스워서 죽는 사람은 없지만
바나나는 오늘도 하염없이 죽어간다
푸르고 싱싱한 얼굴로
점박이 누런 얼굴로
시커멓게 물러진 얼굴로
내 상상력을 비웃으며
나의 죽음을 조롱하며
그것이 바나나이고 얼굴이어서
누구도 바나나를 잊지 못한다
바나나를 믿을 수 없다
저 안에 바나나가 들었다

탄 것

봄 날씨가 꽤 쌀쌀했고 으슬으슬 떨렸다. 일본식 주점에 가서 청주 한잔을 주문했다. 생선 꼬리지느러미를 태워서 잔 위에 띄워왔다.* 찬물 한바가지에 띄운 꽃잎도 아니고 어리둥절했다. 부드럽고 우아한 맛을 기대했으나 태운 지느러미 때문인지 누린내가 났다. 청주의 비린내를 지느러미로 잡으려는 것일까. 알 수 없는 마음으로 홀짝였다. 얼굴이 금세 달아오르고 손발이 점차 따뜻해졌다. 마음은 심해를 누비는 어류의 것이 되었다. 물의 냄새는 물 바깥의 것이어서 나의 코는 간단히 사라지고.

북쪽 창 벽면에 응결이 지고 곰팡이가 피기 시작했다. 몇 해 방치했더니 점점 심해졌고 곰팡내가 나기 시작했다. 벽에 먹물을 흩뿌린 듯했다. 검은 꽃이라면 꽃이라 할 수도. 부엌에 면한 곳이니 날마다 조금씩 나눠 마시고 있는 것인지도. 어느날인가 토스터에서 식빵이 새까맣게 탄 적이 있다. 허기와 탄내가 진동했다. 그런데 이상하게도 곰팡내가 줄어들었다. 알 수 없는 마음으로 입맛을 다셨다. 숲을 다 태운 것처럼 마음이 허전했다. 영안실 복도에서 코는 냄새를 모르고 흰 꽃들은 지나치게 희어서 가짜 같았다.

마음속에 가부좌를 틀고 앉은 이들이 있다. 마음을 먹고 쑥쑥 자라는 입 없는 몸들이 있다. 발이 부어서 더이상 걷지 못하는 이들이 있다. 내 코가 그들을 끝까지 기억할 수 있을까. 냄새의 강자들이 내 코를 가볍게 무너뜨리는 순간까지.

* 히레사께: 복어 지느러미를 태워서 정종에 띄운 것.

내 죄가 나를 먹네

 결혼을 축하드립니다.

 주말이라 두 아이를 데리고 나섰어요. 부케를 들고 있는 예쁜 신부를 보고 아이들은 환하게 웃었고 음식을 마구 집어 먹었어요. 아이들을 단속하느라 뒤늦게 찾은 데스크에는 사람이 없어서 축의금도 전달하지 못했어요. 돌아오는 길에 허브차를 한상자 샀는데 이 축하 선물을 언제 어떻게 전해줄지.

 식장을 나와 걷는데 광화문 거리에 노란 리본이 물결쳤어요. 아이들이 멈춰 서서 종이 위에 배를 그렸지요. 영문도 모른 채 삐뚤빼뚤 글자를 따라 썼습니다. 잊지 않겠습니다. 추모 엽서를 매단 줄이 바람에 가볍게 흔들렸어요. 리본도 바람도 너무 멀게 느껴졌습니다. 이제 봄꽃이 흐드러지게 필 것이고 짧은 순간 후드득 지고 말 것입니다. 물속의 어둠은 상상할 수 없고 아이들은 계속 태어나고 축하는 이어지고 또 언젠가는 예고 없는 죽음이 우리를 추격하겠지요.

 주먹이 있고 빗자루가 있고 혁대가 있고 한바가지 물이 있지요. 그게 몸을 향해 날아왔어요. 심각한 것은 아니었어요. 가방을 메고 뛰쳐나왔다가 도로 들어갔어요. 흔한 해프닝이고 눈물범벅이고 말없이 화해되는 유년시절의 일들입니다. 이제 더이상 맞는 일은 없는데 주먹은 여기저기에 참 많습니다. 빈주먹이 나를 향해 날아옵니다. 내가 모른 척 방치한 것들입니다.

내가 지워지는 날들이 있어요. 내 죄가 나를 먹는 그런 날들. 다 먹힌 것 같은데 내일의 침묵 속에서 내가 다시 튀어나오겠지요. 길거리에 마구 내뱉어진 내가 돌아갈 집은 헛된 망상처럼 높고 반듯하고 분명합니다.

두부처럼

땅이 두부처럼 갈라졌다고 했다. 무른 땅을 디딜 발이
사라졌다고 했다. 네팔의 국기가 갈라진 것처럼 보였다.
삼천명이 죽었고 일만명의 사상자가 날 것이라고 했다. 두
부란 무엇인가. 냉장고 속 찬물에 동동 떠서 불안을 보도
하는 두부. 죽음을 전하는 두부. 팔십시간의 기적이라고
했다. 멀겋고 말캉한 두부. 히말라야를 너무 많은 사람들
이 꼭꼭 밟아대서일까. 두부가 으깨진 것은. 차고 딱딱한
두부를 먹을 수 있을까. 그것을 끓는 물에 데우거나 간장
에 조리는 일이 가능할까. 사람을 덮고 건물을 뭉갠 두부
는 끝까지 사라지지 않는다. 사람들을 모으고 모인 사람들
은 엎드리고 눈이 먼 사람들은 흩어진다.

오월이고 사찰의 연등은 봄꽃보다 빛난다. 나무 위에 걸
린 몸들이 말라서 바람을 타고 팽이처럼 돈 적이 있다. 바
람은 기억할 수 있을까. 무정형의 죄를 어디에 앉힐까. 흩
어진 밥알, 물렁한 밥, 뭉개진 한그릇. 봄비가 내리고 물은
가장 낮은 곳까지 가는 법을 알고 있다. 그것이 물의 몸이
니까. 구석구석 스미면서 더 멀리 더 깊숙이 가려 할 것이
다. 뜨거운 피는 굳고 그것을 뚝뚝 떠먹는 일은 사람만이
한다. 튀기거나 썩히거나 조리거나 데치거나 모두 사람의

일인 것처럼. 죄는 희고 물렁하다. 끝까지 사람을 닮으려
고 한다.

이 집의 주인은

이 집의 주인은 개미입니다
그림자가 작습니다

이 집의 주인은 욕설입니다
흥건합니다

이 집의 주인은 얼굴이 붉고
허리가 잘록하고
죽었습니다

죽은 집입니다
죽은 담벼락입니다
죽은 냄비입니다

끓어오릅니다
이 집의 주인이
곧 도착할 겁니다

기다리세요

이 집의 주인은

딩동
내일밤에 나타날 겁니다
이 집의 주인은
어젯밤 태어났습니다

오늘 이 집의 주인은
발이 가지런하고
신발이 없고
개미와 냄비와 달빛과 사랑에 빠졌습니다

거친 욕을 내뱉으며
이제 막 달려옵니다

딩동

좋은 것들

삼십 센티미터는 믿을 수 있지만
삼십삼 센티미터는 믿을 수 없어
사람의 것이 아니야

에이 플러스는 그럴듯하지만
에이 투 플러스는 또 뭔가
사기다 사람이 아니다
콜라병이다

오늘밤은 정말 환상이었어
그럴듯해서 내가 아닌 것 같았어
어디론가 떠났어 분명해
지금 여기 나의 발은 나의 발이 아니지
아니지?

십육 센티미터겠지
설마 육 센티미터겠어
설마 그럴까 그럴 리가
그랬으니 사람이 아니지

그러니까 사람이지
변화무쌍하지

남을 교묘하게 쓰러뜨리고
벽에 기대어 울면 눈물이 나니
나지 그렇지
눈물이 아니지
피도 붉지가 않지
괴물론을 쓰는구나

정말 그럴듯하다
너무 멋져서 이 환상이 끝나려 한다
콜라병을 들고

중랑에는 뭐가 있을까

개천을 지나 낯선 풍경이 눈에 들어와서야 알았다. 이유도 사연도 없는 중랑까지 온 것이 벌써 몇번째인지 모른다. 중랑에는 뭐가 있을까. 내려서 되돌아가기가 사나워 개찰구로 나왔다. 중랑은 어디인가. 두리번거릴 것까지야 없는데. 택시를 집어타고 목적지로 되돌아가기 전 만두집에 들렀다. 만두 한판이오. 이곳은 회기가 아니고 중랑이니까. 조금 늦어도 되지 않을까. 돌아갈 곳이 없다는 듯 천천히 만두를 씹었다. 만두와 만두 사이 단무지를 집어넣고 우물거렸다. 젓가락으로 허공을 한번 두드리고 간장을 한번 두드리고. 이곳은 회기가 아니고 중랑이니까. 배가 고프지 않아도 좋다. 한접시에 열개. 두줄 나란히 김이 모락모락. 회기를 지나쳐 중랑에 오신 것을 환영합니다. 누가 누굴 위로하니. 나의 잔인한 이와 혀와 목구멍 속으로 사라지는 만두들. 이곳은 회기가 아니고 중랑이니까. 조금 더 다정하게 인사를 건넬까. 아무도 모르니까 다음번에는 김치만두를 먹겠다. 회기를 지나쳐 중랑에 오거든 아무나에게 내 실수를 고할 것이다. 회기가 아니라 중랑이 나를 부른 까닭에 대해 목소리를 드높이겠다. 만두 먹은 더부룩한 속으로. 회기는 회기. 중랑은 중랑. 나는 나. 만두는 만두. 무엇이 무엇 다음이고, 무엇이 무엇에게 먹혔는지가 중요한 것은 아니다. 시곗바늘이 눈을 찌르고 눈이 멀어도 좋다는 듯이 중랑을 지나 더 근사한 만두집으로 갈 것인가. 김은 모락모락 사라지는 것인가. 목적지를 향한 나의 발걸음이 부글부글 끓어오를 때까지 중랑은 나의 뒤통수, 나의 애인, 내가 모르는 곳. 발걸음이 멎고, 만두가 있고, 헛소리가 아름다운 개천. 네가 살고 있는 곳이 아니다.

기찻길 옆 마을에서

누구나 오른발 혹은 왼발이 작다면
기울어진 어깨를 흔들며 걷게 된다면
칙칙폭폭 기차를 타고 떠날 수 있다면
역을 벗어나
마을을 벗어나
길고 오랜 다리를 건널 수 있다면
강을 지나
산을 돌아
공장에 이를 수 있다면
달콤한 눈이 뭉텅뭉텅 쏟아진다면

검은 눈이 쏟아져 세상을 씻어내린다면
헐벗고 굶주린 산이 기지개를 켜고
알록달록 물결친다면
산 자와 죽은 자가 만나고
물고기가 걷는다면
사라진 섬이 다시 태어난다면
미끄럽고 불가능한 바닥에서
한명이 춤추고

두명이 노래하고
세명이 원을 그린다면
불꽃을 옷처럼 껴입을 수 있다면

창문이 열리고
올빼미의 커다란 눈이 돌아온다면
비행기에 몸을 싣고
불행의 씨앗들을 말리며
오늘 하루도 잘 놀았습니다
잘 먹었습니다
주먹을 불끈 쥐고 탁자를 쿵 내리치며
말할 수 있다면
둥글고 뿌연 입술이 길고 향기로운 입술과
포개어진다면

눈사람

누군가 한참을 굴렸을 것이다
어젯밤 제법 눈이 휘날렸고
시무룩한 표정이 태어났다

나뭇가지 돌멩이 같은 것들이 감정을 갖고
푹 꽂혔다가 사라졌다
땅바닥에 꺼졌다

사라진 표정은 내일의 날씨가 되고
대기의 손짓이 되고
눈과 함께 흩어진 사람들이 있다

창밖에 수없이 떠다니는 피의 흔적들
눈은 붉고 날카롭다
이불처럼 땅을 덮는다
잠들지 못하는 밤이 와서

영원히 죽지 못하는 눈빛이 떠돌아서
푸른빛으로 쪼개지는 입술들

하아 입김을 불다가
사라졌다

네가 나의 절벽이 되는 삶 위에
재가 너의 향기가 되는 죽음 위에
눈사람이 서 있다

모과

노란 모과를 매단 나무는
무겁겠다 춥겠다
아니다 그렇지 않다
모과를 잃은 나무는
외롭겠다 무섭겠다
아니다 그렇지 않다

　　착한 모과야

모과는 장롱 위에
모과는 책상 위에
모과는 향긋할까
모과는 기억할까
나무를 바람을 언덕을
아니다 그렇지 않다

　　다정한 모과야

뜻하지 않게 툭 떨어지고

우연히 밟히고
멀리까지 무겁게 굴러간다
그것이 모과라고 말한다면
모과는 힘들다

　　　모과는 바구니에

모과가 썩어간다
모과가 무너진다
아니다 그렇지 않다
겨울이 지나고 봄이 되어도
모과는 노랗다 싱싱하다
아니다 멀어져가는 사람들

　　　발밑에 모과가 구른다

새의 가슴

일주일에 한번씩 장이 서고 사람들은 거기서 파는 심봉사 도넛을 좋아해요. 눈이 번쩍 뜨일 맛은 아니지만 쫀득하고 달달한 것이 제법 먹을 만합니다. 나란히 선 사람들은 도넛을 물고 잠잠해집니다. 밀가루와 설탕은 얼마나 위대하고 폭력적인가, 실감하는 순간입니다. 사람들도 줄줄이 많은데 비둘기 참새까지 달려듭니다. 귀찮아서 몇점 떼어주면 더 몰려듭니다. 사람을 절대 무서워하지 않아요. 도시의 새들은 새가 아닙니다. 우주에서 날아온 첩자가 아닐까요. 내 더러운 손과 못된 심성을 낱낱이 보고하는 것이 아닐까요. 달콤한 검은 구멍에 빠져들면 세상을 보지 않아도 잃어버린 딸들을 더이상 찾지 않아도 되는 것일까요. 빵조각을 쪼아 먹는 새의 불룩한 가슴을 훔쳐봅니다. 숨 막히게 아름답습니다.

새가슴은 새의 것이 아니라 나의 것입니다. 우후죽순 교회는 날로 번듯해져가는데 기도하는 법을 잊었습니다. 침묵과 울분 속에서 도넛만 물고 있을 뿐. 다음 주에도 새의 불룩한 가슴을 훔쳐보겠지요. 버스가 뒤집혀서 연수생들이 죽었어요. 시끄러운 중국말로 사람들은 국제전화를 돌렸겠지요. 오이냉국을 마시다가 수박을 쪼개 먹다가 청천 벽력 같은 말이 귓속에 꽂혔을 겁니다. 넘어진 사람들이 다 일어나지 못하는 화요일입니다. 심봉사는 어두운 눈을 켜고 기름을 끓입니다. 밀가루 반죽이 적당히 타면 고소해 집니다. 세개 이천원, 다섯개면 삼천원입니다. 땀을 번들 거리는 심봉사는 뉴스도 못 보고 반죽만 하는 것 같지만 세상을 다 아는 눈빛입니다. 파장하고 점잖게 퇴근합니다. 새들이 가슴을 내밀고 따라갑니다. 숨 막히는 밤입니다.

괴물은 얼굴에 발이 달렸네

귀신이 다가왔다. 문을 꼭꼭 잠그고도 문고리를 손에서 놓지 못하고 내다보았다. 다가오던 귀신은 물러서고 물러서던 귀신은 다시 다가왔다. 문이란 문은 다 잠갔다고 생각했는데 뒤돌아보니 집에는 뒤가 없었다. 바깥으로 뻥 뚫려 있는데 이걸 집이라 해야 하나. 두려운 마음에 향기로운 풀들을 잡아 흔들었다. 다가오던 귀신은 물러서고 물러서던 귀신은 다시 다가왔다. 문과 상관이 없었다. 집과도 상관이 없었다. 귀신이 다가왔다.

매번 도둑이 들었다. 잘못한 것도 없는데 현관문을 뜯고 나를 잡으러 왔다. 키가 크고 힘이 세고 시커먼 사람들이었다. 도망치다보면 방은 길이 되고 집은 숲이 되었다. 옛날로 발걸음이 막 넘어갔다. 우물가에 기와집에 몰래 숨어들어도 도둑들은 내 머리카락과 발끝을 잘도 찾아냈다. 용서를 빌고 싶은 마음이었지만 뭘 잘못했는지 알 수가 없었다. 숲을 불 지르고 사슴처럼 뛰다가 다리가 뻐근해졌다. 푸른 강물에 쑥 빠져도 죽지 않았다. 얼굴을 하얗게 지우고 도둑 옆을 지났다. 속으로 가만히 욕을 해보았지만.

철철 피가 흘러넘쳤다. 무섭거나 아프지 않았다. 피는 선명했고 이유는 알 수 없었다. 가야 할 곳도 하지 말아야 할 것도 없었다. 알지 못했다. 앎과 모름 사이 아무런 갈 등도 고민도 없었다. 이렇게 즐거워도 되는가, 슬프고 아 름다워도 되는가, 반성하지 않았다. 얼굴에 발이 달렸는 데 자연스러웠고 웃음이 났다. 소리 나지 않았다. 텅텅 안 에서 울렸다. 그냥 흘려보냈다. 그런데 자꾸 태어났다. 들 러붙었다. 죽지도 못한다니 이건 불행이 아니니, 물었지만 내가 벙어리였다. 처음이었다. 힘센 못난이라니. 깨진 거 울이 내 몸이었다. 이렇게 극진한 사랑은 처음이었다.

졸업식

단단하게 묶인 리본의 방향은 다 같지가 않다
목이 졸린 꽃들이 환하게 웃고 있을 뿐
발걸음을 재촉하며 교문으로 들어선 사람들은
부지런히 박수를 치겠지만 곧 끝날 것이다
긴 복도와 더러운 계단과 삐걱거리는 문으로
다시 돌아가지 않아도 된다는 것

학교 근처에는 시멘트 공장이 있고
하루에도 수십번씩 경적이 울린다
먼지를 일으키며 트럭이 지나간다
빙글거리며 돌아가는 시멘트 반죽들이
어딘가로 실려가 부지런히 굳어갈 것이다
계단도 되고 담벼락도 될 것이다
누군가 덜 마른 바닥에 앙증맞은 발자국을 찍을 것이다
의문의 방향이 남겠지만

무엇인가가 되기 위해서
혹은 되지 않기 위해서
소녀들은 울고 웃었을 테지

국수를 삼키고 사탕을 빨았을 테지
뜨겁고 달콤한 것들이 목젖으로 자주 넘어갔을 것이다
다시 돌아가지 않아도 된다는 것

찬물 속으로 오리들이 처박힌다
천변은 가지런히 정리가 되었지만
기러기도 비둘기도 서성거린다
조류를 보호해야 하는 이곳에서
아무도 사냥총을 쏘지 않는다
궁도장의 화살이 산책로로 날아드는 일도 없다
나무 쪼개지는 소리를 잡풀들이 건들거리며 엿들을 뿐

푸른 하늘을 쩍 가르는 비행운은
마치 총알이 날아간 자국 같다
소리가 없고 상처가 깊다
가슴에 알알이 박힌 시간들이 언젠가 풀리겠지만
천변가로 밀려온 죽은 물고기들을
아무도 건져 먹지 않는다
죄지은 얼굴을 자신의 입으로 주워 삼킬 수는 없으니까

반질거리는 스타킹과 긴 머리칼들이 몰려나온다
새하얀 운동화들이 바닥을 꾹꾹 밟는다

나의 친구

그녀의 턱은 사각인데
그녀의 입술은 삐뚤어졌다
그녀의 머리카락은 짧은데
그녀의 눈은 점점 파래진다
그녀가 무슨 말을 할까
어떻게 죽어갔을까
그녀는 아무것도 궁금하지 않고
그녀는 아무래도 옷을 입지 않은 것 같다
그녀는 가슴도 음부도 없는 것 같다
아무래도 그녀는 아름다운 것 같다
입술 속에 숨었다
손톱 밑에서 운다
아무와도 눈을 마주치지 않는다
약속은 자꾸 미뤄지지만
친구 되기를
그녀와 나는 노력해본다
이 삶에 대해서도

집의 시학과 시의 공간학

장철환

1. 세개의 집

동화로 시작하자. 조지프 제이콥스의 「아기 돼지 삼형제」[1]에는 돼지 삼형제가 지은 세개의 집이 존재한다. 밀짚집, 나무집, 벽돌집. 나어린 돼지들이 어쩌다 그런 집을 짓게 되었는지는 미지이나, 이른 나이에 부모에게서 독립하여 자신의 삶의 공간을 스스로 건축하는 일은 동서고금을 막론하고 자수성가의 출발임에는 틀림없겠다. 물론, 동화는 동화답게 집이 거주의 공간일 뿐만 아니라 외부의 위협에 대한 보호의 공간임을 교설함으로써 튼튼한 집에 대한 환상을 강화한다. 그런데 어째서 집은 늑대가 내부로 침입

---

1) 조지프 제이콥스 『영국 옛이야기』, 서미석 옮김, 현대지성사 2005, 88~92면.

하는 통로로서 굴뚝을 열어둔 것일까? 집 밖으로 돼지를 유인하려던 온갖 계책이 무위로 끝난 상황에서 굴뚝이 내부로 통하는 구멍임을 발견한 것은 늑대의 일이나, 집 안에 굴뚝을 배치(intra-agencement)[2]함으로써 외부의 침입을 용인한 것은 집의 일이다. 집은 집대로 그럴 만한 사정이 있음에 틀림없다.

　시로 이어가자. 이근화의 네번째 시집 『내가 무엇을 쓴다 해도』에는 시인이 지은 세계의 집이 존재한다. 확정하기에는 이르지만, 그 세계의 집을 다음과 같이 칭해두기로 하자. 달팽이의 집, 거미의 집, 구름 위의 집. 각각이 정확히 과거, 현재, 미래의 집을 표상하는 것은 아니다. 그 가운데 어느 것이 '나의 집'인지는 미지이나, 생의 여정이 몇개의 집을 허물고 다시 세우는 과정임은 시나 동화나 별반 차이가 없을 듯하다. 물론, 시는 시답게 집이 외부의 위협에 대한 보호의 공간일 뿐만 아니라 정신의 거처임을 고백함으로써 '마음의 집'에 대한 주체의 내밀한 열망을 강화한다. 이때 일상의 표면만을 지나치게 강조하는 것은 자칫 '시의 집'의 내밀성을 간과하는 우를 범할 수도 있음을 간과해서는 안된다. 바슐라르의 말마따나, 집이야말로 "내부 공간의 내밀함의 가치들"[3]을 보기 위한 가장 특권화된 장

---

2) 질 들뢰즈·펠릭스 가타리 『천개의 고원』, 김재인 옮김, 새물결 2001, 593면.

소이지 않은가. 그렇다면 혹시 이런 질문이 가능할지도 모른다. 이근화의 '시집'에서 '늑대'가 침입하는 통로는 어디인가? 그의 네번째 시집은 '죄'의 틈입이 임박했음을 경고하는 것처럼 보인다.

2. 오늘의 집, 그가 달팽이가 된 이유

창문이 조금 열려 있었고
그 사이로 낯선 손을 들이민 사람이 있었다
집은 거부를 모른다
나와 너와 우리가 그 집에 기대어

세상에서 가장 웃긴 일이 일어났지만
아무도 웃지 않았다
발소리가 푹푹 꺼지고
집은 사라질 줄 모르고

거대한 허기와 만났지
어제는 말이야
굉장했어

---

3) 가스통 바슐라르 『공간의 시학』, 곽광수 옮김, 민음사 1990, 113면.

지붕의 이야기가 뚝뚝 떨어진다
누군가 정말 죽을 것 같은 밤이다

그러나 발만 빠졌네
세상에서 가장 큰 호수에
차갑지 않다
뜨겁지 않다
나의 집으로 가고 싶다

조금 떠 있고
늘 가라앉아 있는
헤매고 방황하는 집
발이 쉬지 못하는 집

너의 집은 어디니
누군가 진지하게 물었다
정확히 그것을 모르지만
나는 밤마다 발이 닳도록
그곳을 찾아가요

큰 입을 벌리고 나를 삼키고
나는 즐겁게 죽어간다

집의 입술은 마르지 않았네

—「집은 젖지 않았네」 전문

"집은 거부를 모른다"는 구절은 '오늘의 집'의 속성을 암시한다. 낯선 이의 틈입을 허용하는 집, 때로는 열린 창문으로 "낯선 손"이 들어와도 거부를 모르는 집. 이 기이한 집의 거주민들은 "세상에서 가장 웃긴 일"이 벌어져도 "아무도 웃지 않"는다. 더욱 기이한 것은, 그럼에도 '오늘의 집'은 사라질 줄 모르는 고집불통이라는 사실이다. 고집불통의 집이라고? 그렇다. 대체 '오늘의 집'에서는 무슨 일이 벌어지고 있는가? "거대한 허기와 만났"다는 "지붕"의 증언은 사건의 전모를 추정하는 유력한 단서가 된다. 그 이유는 "지붕"의 전언이 집은 살아 있는 실체라는 사실을 알려주기 때문이다. 살아 움직이는 집, 그것도 거주민들을 식육의 대상으로 삼는 집…… 따라서 "거대한 허기"는 집의 허기이다. 집이 낯선 이의 틈입에 대해 거부를 모르는 이유가 여기에 있다. 이는 집이 자기의 허기를 충족하는 방법이기도 하다.

"거대한 허기"와 대면하여 거주민들이 "나의 집으로 가고 싶다"는 욕망을 품는 것은 당연해 보인다. 이것은 '오늘의 집'이 진정한 "나의 집"이 아님을 암시한다. 집에 거주하되, 그곳은 아직, 혹은 여전히 "나의 집"은 아닌 것이다. 그렇다면, 묻자. "너의 집은 어디니?" 우선, "정확히 그것을 모르지만"이라는 대답은 아쉽다. 한편, "나는 밤마다 발이 닳도록/그곳을 찾아가요"라는 대답은 아프다. 아쉬움과 아픔 사이에서 부상하는 것은 "나의 집"이 부재할지 모른다는 두려움이다.

5연이 기술하는 집의 기이한 위치는 이러한 두려움을 설명한다. "조금 떠 있고/늘 가라앉아 있는" 집에서 전자는 외부의 상태를 드러내고, 후자는 내부의 분위기를 누설한다. 즉, 집은 대지에 안착하지 못한 상태로 내부의 무게에 의해 침잠하는 역설적 공간으로 상정되고 있는 것이다. 이것이 집이 '젖지 않은 이유'와 '발만 빠지는 이유'를 설명한다. "헤매고 방황하는 집/발이 쉬지 못하는 집"이라는 묘사 역시 이와 관계있다. 여기서 관건은 이러한 묘사가 '오늘의 집'에 대한 진술인지, 아니면 "나의 집"에 대한 진술인지, 그도 아니라면 양자 모두에 대한 진술인지를 확정하는 것이다. 마지막의 경우에는 '오늘의 집'이 곧 "나의 집"이라는 등식이 성립해야 하는데, 다음 연의 "정확히 그것을 모르지만"이라는 구절을 보건대, 그 모르는 집을 "나의 집"과 등치시킨다는 것은 자연스럽지 않다. 전후 맥락으로 본다면, 5연은 '오늘의 집'에 대한 묘사로 간주하는 것이 옳을 듯하다.

그렇다면 지상에서 "조금 떠 있"는 상태로 존재하는, "발이 쉬지 못하는" 집이란 어떤 집인가? 실제로 그런 집이 존재할 수 있는가? '달팽이의 집'을 보라. '달팽이의 집'은 거주민의 등에 얹혀 있는 까닭에 지상에서 "조금 떠 있고", 달팽이의 발은 쉬지 못한다. 달팽이가 자신의 집을 온몸으로 이고 사는 자이듯, 그는 '오늘의 집'을 등에 떠메고 "나의 집"을 찾아다니는 자이다. 이때 "밤마다 발이 닳도록" 그 집을 찾아나서는 노역이 불가피한 것은 '오늘의 집'이 "큰 입을 벌리고 나를 삼키"기 때문이다. 등에 죽음의 집을 이고 있는 자라면 새로운 집으로의 이주는 필연적일 수밖에 없다. 그러나 달팽이는 소라게가 아니다. 그의 집은 썼다 벗었다 할 수 있는 '소라'가 될 수 없다.

사실 '오늘의 집'이 '달팽이의 집'이 되어 "큰 입을 벌리고 나를 삼키"는 데에는 까닭이 있다. 잠시 어제의 '부유하는 집'으로 돌아가보자.

촛대와 냅킨을 들고 식탁으로 걸어가는 가족들이 있고 지상에서의 마지막 식사가 시작된다

지금 집을 짓지 않는 자는 영원히 집이 없을 것이므로 나는 지붕 위로 떠오르는 가족들의 긴 꼬리를 잡는다

눈이 내린다 가로등 불빛 아래 눈은 먼지처럼 오래고 말이 없다 개가 썰매를 끌듯이

나는 지금 집을 떠메고 날아오른다 아니 흩날린다 더럽고

　슈베르트로부터 나는 못생긴 얼굴을 물려받았고 불친절함
을 배웠다
　　　　　　—「식사 시간」(『칸트의 동물원』, 민음사 2006) 부분

　주목할 것은 "지상에서의 마지막 식사"가 '나'를 제외한
가족 구성원이 '떠오르기' 때문에 벌어지는 일이라는 점
이다. 순서에 따른 차이가 없지는 않겠으나, "지붕 위로 떠
오르는 가족들"이 결과적으로 지상에서의 '나의 유폐'를
초래한다는 데에는 변함이 없을 듯하다. "떠오르는 가족
들의 긴 꼬리를 잡는" 행위는 집 밖으로 유폐되지 않으려
는 필사의 몸부림이라고 하겠는데, "개가 썰매를 끌듯이"
라는 비유는 안간힘의 진통을 "더럽고 조용한 길 위"에 어
지럽게 토설한다. 토설의 자리에서 이런 일이 벌어지게 된
과거의 사연을 재현하는 것은 하염없는 짓이다. 그것은 불
가능해서가 아니라, 괄목할 만한 일이 아니기 때문이다.
상대해야 할 것은 "지금 집을 짓지 않는 자는 영원히 집이
없을 것"이라는 선포이다. 이 엄혹한 선언은 "영원히 집이
없을 것"이라는 공포보다는 차라리 "집을 떠메고" 있는 편
이 훨씬 수월한 일임을 암시적으로 보여준다. 집이 등 위
로 올라간 이유가 이러하다.
　'부유하는 집'에서 '조금 떠 있는 집'으로의 위치 변화

는 결코 사소하지 않다. 집의 부유하는 힘과 그것을 견인하는 안간힘 사이에서 필사의 긴장을 버텨야 하기 때문인데, 그 장력은 고스란히 "밤마다 발이 닳도록" 집을 찾아나서는 자의 몫이다. '오늘의 집'이 "발이 쉬지 못하는 집"이 되는 까닭이 여기에 있다. 한편, 그 집이 "헤매고 방황하는 집"이라는 것은 "나의 집"을 찾는 주체의 여정이 '오늘의 집'의 여정과 다르지 않음을 암시한다. 이는 "나의 집"이 새로운 장소에서 발견되는 것이 아니라, '오늘의 집'을 대지에 안착시킬 때 비로소 발견될 수 있음을 보여준다. 그러나 "나는 즐겁게 죽어간다"는 역설은 집의 안착이 불가능하다는 것을 암시하는 듯하다. 그것도 필사적으로 버텨오던 '오늘의 집'에 삼켜짐으로써 말이다. 시의 마지막 일절, "집의 입술은 마르지 않았네"가 잔혹한 후일담처럼 들리는 것도 전혀 이상한 일이 아니다.

그럼 '오늘의 집'에 삼켜진 자의 일상은 어떠할 것인가? 여기서 내부의 탐색은 집주인의 일상의 취미를 진열하기 위해서가 아니라, "일상 속에서 정념의 치안을 유지하기 위해 요청되는 것"[4]이어야 한다. 집의 내부가 궁금하다면, 집의 위장(胃臟)인 주방으로 직접 들어가볼 일이다.

---

4) 조강석 「일상의 표면, 취미(taste)의 심연」, 이근화 『차가운 잠』, 문학과지성사 2012, 160~161면.

우주선은 아름답지만
알 수 없는 곳으로 흘러가다가
정적과 암흑의 놀이터가 되겠지
이곳에서 너무 멀어서
코맥스 200

곧 쓰레기가 될 이 비닐장갑은
우주선의 이름 같다
이백매인지 아닌지 세어보지 않겠지만
미아가 될 우주선의 운명처럼
내 손은 이백번씩
투명하게 빛날 것이다

날마다 죽는 연습이라면 어떤가
우리가 티슈를 뽑아 쓸 때마다
티케팅을 할 때마다
줄어드는 것이 있다면 어떤가
늘어나는 것이 있다면 무엇인가
내가 사라진 자리를

나는 느낄 수가 없다
당신의 표정을 읽을 수 없다
나는 보호받고 있다고 믿어야 하는지

지나치게 반복적이어서

누군가는 웃었고

깊어진 주름 속에서

적막과 허무가 그네를 탄다

　　　　　　　　　　—「코맥스 200」 전문

"코맥스 200"의 등장은 집 내부의 압력의 변화를 암시한다. 일상적으로 주방은 집에서 가장 분주한 곳 가운데 하나이다. 마치 집이 먹기 위해 존재하는 공간이라는 듯, 주방은 씻고 다듬고 썰고 삶고 볶고 끓이는 반복적 행위들로 분주하다. 이 반복적 행위들이 산출하는 온갖 소리와 열기는 집의 내부를 거대한 압력으로 채운다. 문득, 모든 것을 응축하고 있는 주방의 내부에서 없는 것이 있다면, 그것은 "보호"이다. 곧, "보호받고 있다"는 감정이다. 주방이 "내가 차릴 백년의 안개 식탁"(「안개의 식탁」, 『차가운 잠』)이 놓인 곳임을 감안한다면, "보호받고 있다"는 믿음에 대한 불확실성은 주방의 열기를 '안개'로 만드는 촉매가 된다.

코맥스(Komax)사의 주방용 비닐장갑 "코맥스 200"이 "알 수 없는 곳으로 흘러"들어가는 우주선의 '비밀 장갑'이 되는 것은 바로 이때이다. 보다 엄밀히 말한다면, "코맥스 200"은 이백번으로 제한된 "정적과 암흑의 놀이터"행 '비닐 티켓'이다. 주방용 비닐장갑이 '우주선'의 이름으로 둔갑하는 사태의 표면에서 빛나는 것은 언어의 감각이지만, 내부에서 침식하는 것은 "미아가 될 우주선의 운명"을 발견하는 자의 "깊어진 주름"이다. 줄어드는 것은 비밀 공간으로의 "티케팅"이 주는 희열이지만, 늘어나는 것은 "날마다 죽는 연습"의 반복적 비참이라는 말이다. '적막과 허무의 그네'가 그리는 왕복운동의 궤도는 이를 요약한다. '오늘의 집'이 그러하듯, 집의 위장인 주방 역시 "조금 떠 있고/늘 가라앉아 있는" 곳이다. "미역국에 뜬 노란 기름은/눈물 같고 고름 같고 죽음 같다"(「미역국에 뜬 노란 기름」)는 말도 이와 다르지 않다.

3. '시인 근화 씨의 일일'

"코맥스 200"은 코맥스사의 '우주선' 이름이기도 하지만, 코맥스(Commax)사의 전자식 잠금장치이기도 하다. 후자는 외부자의 침입을 막는 현대판 문고리이다. "코맥스 200"이 "알 수 없는 곳으로 흘러"들어가는 '비닐 티켓'인 한에서, 집의 안과 밖의 경계를 엄밀히 구분하는 것은 불가능하다. 주방에서의 '적막과 허무의 왕복운동'이 집 안팎의 경계를 넘나들기 때문이다. 이것은 '적막과 허무의 그네'가 집의 안과 밖을 왕복하는 "정적과 암흑"의 놀이기구라는 말과도 같다. '시인 근화 씨의 일일'은 이를 예시한다.

303동과 304동 사이 버려진 분홍 땡땡이 팬티

누구의 것일까

부끄러워 아무도 손대지 못한다

다 늙은 관리인이 치우며 슬며시 웃을까

그럴지 몰라 잊은 듯 잊지 않은 듯

호주머니에 넣고 다닐지 몰라

어느 창문에서 무슨 바람을 타고 어떤 사연을 날리며

날아온 것인지는 아무도 모르지만

꽃인 듯 한참을 바라보았던

가을 햇살을 눈부시게 갈라놓았던

그런데 어쩐지 젊음도 늙음도 그 안에는 없고

향기도 주인도 없다

(…)

저만치 버려진 팬티는 내 것이 아니다

나를 모른다

그런데 내게 주어진 단 하나의 꽃잎은

누구에게 던질까

누가 될 거니

오늘 나의 산책과 명상에는 무늬가 없다

내일 우리의 논쟁과 수다는

테이블 위의 접시를 몇번이나 갈아치울지

주인을 잃은 이름들이 하나둘씩 떠오르는데

비가 와도 젖지 않는

더이상 떨어질 곳이 없는

꽃잎의 어지럽고 어려운 방향을 따라가본다

　　　　　　　　　　　　　　　　　　—「산유화」 부분

「산유화」는 산책길에서 우연히 발견한 "303동과 304동 사이 버려진 분홍 땡땡이 팬티"에 대한 시이다. 누군가에게는 쓰레기일 수도, 또다른 누군가에게는 욕망의 티켓일 수도 있는 버려진 팬티가 한송이 꽃으로 진화하는 건 그것을 발견한 자의 내면에서 "불가능한 꽃/불가해한 꽃"으로 피기 때문이다. 여기서 절묘한 것은 김소월의 '산유화'가 존재하는 거리인 "저만치"가 시적 주체와 "버려진 팬티" 사이에서 재발견된다는 사실이다. "저만치"는 외적으로는 소소한 일상의 우연적 사건들과 주체와의 거리를 티 나게 표시하지만, 내적으로는 양자 사이가 그리 멀지 않다는 사실을 반어적으로 표현한다. '적막과 허무의 그네'를 타는 자에게 "분홍 땡땡이 팬티"는 "젊음도 늙음도" 표백되고 "향기도 주인도" 휘발된 마음의 꽃이 되는 것이다. "내게 주어진 단 하나의 꽃잎은/누구에게 던질까"라는 자문은 이를 뒷받침하며, "오늘 나의 산책과 명상에는 무늬가 없다"는 단언 또한 이러한 맥락의 연장선상에서 이해될 수 있다. 즉, 양자는 모두 "주인을 잃은 이름들"인 것이다. 그 꽃이 "젊음도 늙음도" "향기도 주인도" 없는 자의 이름이라는 점에서 그것을 비인칭의 기표라고 불러도 좋다.

여기서 "꽃잎의 어지럽고 어려운 방향을 따라가본다"는 산책자의 말은 중요하다. "밤새 발이 닳도록" "나의 집"을 찾아다니는 여정이 '달팽이'의 그것과 다르지 않음을 보여주기 때문이다. '달팽이'의 족적을 따라가본 자는 알겠지만, 그의 여정에서 특정 방향으로의 진행을 기대하는 것은 어리석은 일이다. 분분하게 흩어지는 방향 속에서의 모색이라면, 애당초 특정 방향을 지시하는 이정표는 존재하지 않는다. 그럼에도 불구하고, 산책자는 이것이야말로 "길거리에 마구 내뱉어진 내가"(「내 죄가 나를 먹네」) "나의 집"을 찾는 유일한 방식이라는 듯, 두개의 더듬이로 끊임없이 허공을 두드리며 온몸으로 길을 가기를 그치지 않는다. "우리는 오늘 어디로든 간다/간다"(「다시 사랑」). 그러니 산책자가 아무 이유 없이 "꽃잎의 어지럽고 어려운 방향을 따라" 어느 "아름다운 개천"에 흘러든다고 해서 새삼 놀랄 필요는 없을 듯하다.

개천을 지나 낯선 풍경이 눈에 들어와서야 알았다. 이유도 사연도 없는 중랑까지 온 것이 벌써 몇번째인지 모른다. 중랑에는 뭐가 있을까. 내려서 되돌아가기가 사나워 개찰구로 나왔다. 중랑은 어디인가. 두리번거릴 것까지야 없는데. 택시를

집어타고 목적지로 되돌아가기 전 만두집에 들렀다. 만두 한
판이오. 이곳은 회기가 아니고 중랑이니까. 조금 늦어도 되지
않을까. 돌아갈 곳이 없다는 듯 천천히 만두를 씹었다. (…) 회
기는 회기. 중랑은 중랑. 나는 나. 만두는 만두. 무엇이 무엇 다
음이고, 무엇이 무엇에게 먹혔는지가 중요한 것은 아니다. 시
곗바늘이 눈을 찌르고 눈이 멀어도 좋다는 듯이 중랑을 지나
더 근사한 만두집으로 갈 것인가. 김은 모락모락 사라지는 것
인가. 목적지를 향한 나의 발걸음이 부글부글 끓어오를 때까
지 중랑은 나의 뒤통수, 나의 애인, 내가 모르는 곳. 발걸음이
멎고, 만두가 있고, 헛소리가 아름다운 개천. 네가 살고 있는
곳이 아니다.

—「중랑에는 뭐가 있을까」 부분

"이유도 사연도 없는 중랑까지 온 것"에 대해 곤혹스러
워하지는 말자. 때로는 '그네'의 리듬에 몸을 실어야 할 때
가 있다. 애써 진지하게 "중랑은 어디인가"라고 묻는다면,
"너는 정말 나쁘다"(「가짜 논란」)는 말을 들어도 마땅하다.
"조금 늦어도 되지 않을까"는 소소한 사건의 멋쩍음에 대
한 위무의 말일 테지만, "만두 한판"을 천천히 다 먹는 일
은 "돌아갈 곳이 없다"는 마음의 파랑(波浪)을 저작하는
행위임에 틀림없다. "중랑을 지나 더 근사한 만두집으로
갈 것인가"라는 망설임은 돌아갈 일에 대한 근심이 아니
라, '회기할 곳이 없다'는 마음이 일으키는 파랑을 보여준

131

다. 우연임에 틀림없겠으나, '중랑(中浪)'은 '회기(回基)'와 '망우(忘憂)' 사이에 있다. '그네'는 '회기'와 '망우' 사이를 왕래하는 열차이다.

이때 소화불량에 걸리는 것은 '위'가 아니라 '발'이다. 그가 '달팽이'가 됨으로써 '발'로 소화하는 자가 되었다는 사실을 상기한다면, "나는 섭취한 대부분의 영양을 발로 소비한다"(「우리들의 진화」, 『우리들의 진화』, 문학과지성사 2009)는 말이 허언이 아닐 뿐만 아니라, 그가 '중랑'에 오래 머무르지 않을 것임을 예상할 수 있다. 그러므로 "목적지를 향한 나의 발걸음이 부글부글 끓어오를 때까지" '중심의 파랑'에 머무는 것을 포기와 안주로 간주할 수는 없다. '중랑'이 "나의 뒤통수, 나의 애인"이 되는 시간은 '발'이 "만두 한판"을 다 소화시킬 때까지이다. 이를 "헛소리"로 치부할 수 없는 이유를 중랑천은 이미 알고 있는 것처럼 보인다. "앞 강물, 뒷 강물,/흐르는 물은/어서 따라오라고 따라가자고/흘러도 연달아 흐릅디다려"(김소월 「가는 길」). 하여, '중랑'은 "네가 살고 있는 곳"이 아니다. 비록 "두 다리는 힘이 모자라고/딛는 곳마다 젖은 발자국 되 살아난다"(「트렁크」)고 할지라도 그는 회기한다. 단, 그의 '발'은 '만두 한판의 죄'에 젖는다.

'소설가 구보 씨의 여정'과는 달리, '시인 근화 씨의 여정'은 분분히 흩어지는 그의 발자취를 닮아 부단히 흩날린다. 이러한 이유 때문에 이근화의 시에서 산책과 외출의

"어지럽고 어려운 방향"의 전체 여정을 되밟는 것은 촉급하지만 위태한 일이다. 지금 막 '중랑'이라는 반환점을 돌았다고 해서 안도할 일이 아니다. 재빠르고 안전한 귀환을 원한다면 '버스'나 '택시'가 좋겠으나, 전자에는 "어둠이 너인 줄도 모르"(「미믹 버스」)는 흉내쟁이 '나'가 있고, 후자에는 "우스운 과거와 무시 못할 가족력이 있"(「택시는 의외로 빠르지 않다」)어 수월치 않다. 귀가의 도정에서 "발이 젖은 사람들이 서둘러/집으로 가겠지"(「집으로 가는 길」)만, '만두 한판의 죄'에 먹힌 자의 귀갓길이 순탄치 않을 것임을 예상해볼 수 있는 대목이다. 말하자면, "시곗바늘이 눈을 찌르"는 '만두가게'는 때로는 '집 있(없)는' "사람들을 끌어당기"(「태극당 성업 중」)는 '태극당'으로 이어지고, "재래의 나를 비웃"(「모란장」)는 '모란장'이나 "당신의 회색이 솟아오"(「요양원」)르는 '요양원'으로 이어진다. "죽음이 덜 컹거리는"(「도서관에 갔어요」) '도서관'도 없지 않다. 그리고 무엇보다도 "내 죄가 나를 먹는" '광화문'이 있다.

주먹이 있고 빗자루가 있고 혁대가 있고 한바가지 물이 있지요. 그게 몸을 향해 날아왔어요. 심각한 것은 아니었어요. 가방을 메고 뛰쳐나왔다가 도로 들어갔어요. 흔한 해프닝이고 눈물범벅이고 말없이 화해되는 유년시절의 일들입니다. 이제 더이상 맞는 일은 없는데 주먹은 여기저기에 참 많습니다. 빈주먹이 나를 향해 날아옵니다. 내가 모른 척 방치한 것들입니다.

내가 지워지는 날들이 있어요. 내 죄가 나를 먹는 그런 날들. 다 먹힌 것 같은데 내일의 침묵 속에서 내가 다시 튀어나오겠지요. 길거리에 마구 내뱉어진 내가 돌아갈 집은 헛된 망상처럼 높고 반듯하고 분명합니다.

——「내 죄가 나를 먹네」 부분

'죄'는 외상적이기보다는 윤리적이다. 이 말은 '죄'의 중심부가 '주먹과 빗자루와 혁대'가 아니라 "내가 모른 척 방치한 것들"에 있음을 뜻한다. 전자가 "말없이 화해되는 유년시절의 일들"이라면, 후자는 "내일의 침묵 속에서" 반복 재생되는 일들이다. 시적 주체를 향해 달려드는 "빈주먹"은 오늘의 사건들에 대해 침묵하는 자의 반성과 자책을 의미한다. 그가 '적막과 허무의 그네'를 타면서 "모른 척 방치한 것들"이 귀가의 발목을 잡고 있는 것이다. 따라서 귀갓길에 잊지 말아야 할 것은 "눈물범벅"의 유년이 아니라 "무수한 잘못 가운데 내가 불쑥 솟아올랐다는 생각" (「시인의 말」)과 같은 반성과 참회이다. 이렇게 말해도 좋다. "빈주먹은 '물속의 어둠'을 모른 척 외면하고 방치한 자기와 일상에 대한 징벌"[5]이라고.

'중랑'에서 "만두 한판"과 맞바꾼 것, 그리고 '광화문'에서 "우스운 과거와 무시 못할 가족력" 때문에 방치했던 것

---

5) 장철환 「시의 안에 들다」, 『21세기문학』 2015년 가을호, 338면.

들은 아마도 타인들의 어둠일 것이다. 그렇다면 '내일의 침묵의 죄'는 '만두 한판의 죄'와 등가인 셈이다. 이때 '오늘의 집'은 "헛된 망상"이라는 왜상(歪像)으로 존재한다. 집의 외양이 아무리 "높고 반듯하고 분명"하다고 하더라도 그것이 "내일의 침묵"으로 지어진 것이라면 그 집은 다만 신기루에 지나지 않을 것이다. "높고 반듯하고 분명"한 집이 기이하게도 "누군가의 커다란 발"(「흘러나오는 것」, 『시를 사랑하는 사람들』 2014년 7~8월호)로 변이되는 사태도 이와 무관하지 않다. '오늘의 집'에 대한 시점의 변환, 이것이 '시인 근화 씨의 일일'을 되밟는 일을 멈춰서는 안되는 이유를 설명한다. 특히 지금-여기에서 미래의 집짓기에 분주한 자라면 그의 여정 하나하나를 허투루 봐서는 안된다. 그것도 끝까지 말이다.

　귀신이 다가왔다. 문을 꼭꼭 잠그고도 문고리를 손에서 놓지 못하고 내다보았다. 다가오던 귀신은 물러서고 물러서던 귀신은 다시 다가왔다. 문이란 문은 다 잠갔다고 생각했는데 뒤돌아보니 집에는 뒤가 없었다. 바깥으로 뻥 뚫려 있는데 이걸 집이라 해야 하나. 두려운 마음에 향기로운 풀들을 잡아 흔들었다. 다가오던 귀신은 물러서고 물러서던 귀신은 다시 다가왔다. 문과 상관이 없었다. 집과도 상관이 없었다. 귀신이 다가왔다.

　　　　　　　　　　　　　　　　—「괴물은 얼굴에 발이 달렸네」 부분

다가오고 물러서며 집 앞까지 쫓아온 "귀신"은 '죄'이다. '죄'가 일정한 거리를 유지하는 것은 벗을 수도 신을수도 없는 이중적 곤혹을 의미한다. 다시 말해, "귀신"은아무 근심 없이 '망우'에 가서 "만두 한판"을 먹고 싶은 마음과, 그것의 결과로서 "내가 모른 척 방치한 것들"에 대한 참회라는 이중적 의식이 낳은 '죄'이다. 서두에서 말한 동화로 치자면 "귀신"은 결코 집 안에 들어서는 안되는 '늑대'이겠는데, 틈입을 허용하지 않겠다는 몸부림("문이란 문은 다 잠갔다")은 이를 예증한다. 그러나 알다시피, 동화 속 '늑대'는 굴뚝이 집의 내부로 이어지는 통로임을 잘 알고 있다. 마찬가지로 "귀신"은 '오늘의 집'으로 틈입하는 방법을 알고 있는 것처럼 보인다. 그리고 그것은"문"과는 상관이 없다.

그렇다면 '오늘의 집'에서 "귀신"이 드나드는 통로는 어디인가? 당혹스럽지만, 그곳은 '신발'이다. '시인 근화 씨의 일일'의 도정을 어둠속에서 하나하나 밟아온 '발'의 집.거기에 '죄'가 "질투와 원망의 힘"(「그림자」)이 되어 실내로 들어온다. "귀신"의 출몰은 "문"과 "집" 때문이 아니라'신발' 때문에 벌어지는 일이라고 할 수 있다. 한층 당혹스러운 것은 "뒤돌아보니 집에는 뒤가 없었다"는 진술이다.'뒤가 없는 집'이란 '안이 없는 집'의 다른 이름이므로, 이는 '오늘의 집'이 안과 밖의 경계가 없어 "숨을 데도 없는 집"(「나의 하루는」, 『차가운 잠』)이라는 것을 보여준다. "귀신"의 틈입이 "집과도 상관이 없"는 이유가 여기에 있다. 이는 '오늘의 집'이 최종적으로 '죄'의 도피처가 될 수 없다는 것을 암시한다. 산책자가 '죄' 속에서 '오늘의 집'을 벗고 민달팽이가 되는 순간이다.

구보 박태원의 친우였던 이상(李箱)에 따르면 그 집은 '거미의 집'이다. 「지주회시(鼅鼄會豕)」를 보라. "악착한끄나풀"이 되어 서로를 빨아먹는 잔혹한 '거미의 집'을 어렵지 않게 찾을 수 있을 것이다. 또한 이상은 "문을암만잡아다녀도안열리는것은안에생활이모자라는까닭"(「가정」)이라고, "생활"이 자신의 발을 옭아매는 차꼬임을 명시적으로 밝힌 바 있다. 이상에게 '생활'이 족쇄였다면, 산책자에게는 '죄'가 차꼬다. 이것은 양자의 차이를 설명한다. 이상과는 달리, '시인 근화 씨의 일일'에서 귀가는 '거미의 집'에서의 생사를 건 분투가 비로소 시작되는 때임을 아프게 고지한다. 전자에게 "나의 집"은 죽음의 공간이지만, 후자에게는 '죄'의 족쇄를 벗어야 하는 공간인 것이다. 그의 분투가 "나의 집"을 '죄'의 족쇄에 복속시키지 않겠다는 열망에서 비롯하는 한, 그의 싸움은 외롭지만 엄숙하다.

「요양원」의 일절, "오늘도 살아야 하는데/내 목소리가 저기 멀리서//되돌아온다 고마워/내가 끝까지 사랑할게/이제 신발을 신으러 갈까/나의 발은 너에게 줄게"는 막 집에 도착한 자가 되새겨야 할 구절이다. 발이 '죄'에 구속된

자가 어떻게 '거미의 집'으로부터 벗어나는지를 보여주기 때문이다. 먼저, "이제 신발을 신으러 갈까"는 "신발이 없"(「이 집의 주인은」)는 주인들을 위한 제언이다. 이 제언은 "나의 발은 너에게 줄게"라는, '발'이 없는 자들에 대한 사랑이 바닥에 깔려 있다는 점에서 숭고하다. 이것은 '오늘의 집'이 허상임을 깨달은 자가 '죽음의 집'에서 '생명의 집'으로 이행하기 위해서는 가장 소중한 것의 양여가 필요함을 암시한다. 곧, "나의 발"을 "내 목소리"에게 내주기이다. 이는 '거미의 집'에서의 탈주가 '발'이 아니라 '목소리'에 의해 실현될 것임을 예견한다. 이제 그는 "재가 너의 향기가 되는 죽음"(「눈사람」)에서 이사할 채비가 되었다.

4. 그러므로 다시, 시의 집, 시집

이미 많은 곳에서 누설되었겠지만, '오늘의 집'은 '어제의 집'의 잔여가 아니다. 역설적이지만 그것은 '미래의 집'의 결과이다. 이를 위해 '시인 근화 씨'는 자신의 소유와 가산 전부를 "목소리"에게 양도하였다. 반복하자면, 이것은 탕진이 아니라 이사이다. 반복하지 않아도 될 것은 시인의 궁극적인 거처가 시라는 사실이다. "언어는 존재의 집"이라는 하이데거의 말이 아니더라도, 시인이 언어 속에 거주하는 주민이라는 것은 자명한 이치이다. 이것은 그가 끊임없이 절뚝이며 찾아 헤매는 "나의 집"이 결국 "언어로 지어진 집"[6]임을 의미한다.

내가 네 미래의 책을 사랑할게
아직 떠오르지 않은 무지개를
거기서 뛰놀고 있는 너의 흰 발을

너는 숨 쉬지 않는다
나는 태어나지도 않았다
그런데 우리는 열심히 사랑하고 있다
땀을 뻘뻘 흘리며

미래의 씨앗들을 뱉고 있다
달콤할까 커다랄까
약속했어 정말이지

이제 너의 손가락이 만들어질 차례
끝까지 네가 씌어질 차례
단단해진다
봉긋해진다

6) 이근화 『쓰면서 이야기하는 사람』, 난다 2015, 69~70면.

우리가 함께 태어난다

한몸으로

아름답지 않지만

동시에 늙어가지만

　　　　　　　　—「세번째여서 아름다운 것」 전문

　시 그대로, 그는 책에 거주한다. "미래의 책"을 집으로
삼은 자에게 이사와 출생은 하나이다. 왜냐하면 그의 집
"미래의 책"은 '너'와 '나'의 출생의 산실(産室), 곧 "미래
의 씨앗들"의 거소인 자궁(子宮)이기 때문이다. 이것은 비
유가 아니다. "오늘밤 한권의 책이 나를 낳았다"(「내가 무
엇을 쓴다 해도」)는 출생신고서가 아니더라도, "거기서 뛰놀
고 있는 너의 흰 발"이라는 구체적인 실물이 있지 않은가.
그래서 이제 "너의 손가락이 만들어질 차례"이다. 예상컨
대, 그 작은 손가락은 "끝까지 네가 씌어질 차례"가 될 때
까지 '소리와 빛의 놀이터'를 "함께 머물다 언제라도 떠날
수 있는 집"[7]으로 채울 것이다. "끝까지 네가 씌어질 차례"
는 시작(詩作)에 대한 의지가 '사랑'이라는 태반에 터를 잡
은 윤리적인 결단에서 비롯함을 선명하게 보여준다. 그리
고 이는 "무엇을 쓴다 해도" 변함이 없을 것이다.
　아이의 탄생과 시의 탄생은 이렇게 "한몸"이다. 여기서

----

7) 앞의 책, 123면.

'시의 집'이 그들의 거처임을 밝히는 것은 사족이 될 듯하다. 다만, '시집'의 탄생이 세번째여서 아름답다면, 네번째는 더 아름다울 것을 기대한다. 아직 지어지지 않은 집이라는 점에서 구체적인 형상을 가늠하기는 어렵지만, 그 집이 소리와 빛으로 가득한 "구름 위의 집"이 되기를 희망하는 마음은 "내가 네 미래의 책을 사랑할게"에 담긴 마음과 "한몸"이다. 그러니 곧 탄생할 시집을 위해 '작은 신발' 하나를 마련해두는 것도 나쁘지는 않겠다. 이 글이 "아름답지 않지만/동시에 늙어가지만", '작은 신발'이 되어도 좋다.

張哲煥 | 문학평론가

무수한 잘못 가운데 내가 불쑥 솟아올랐다는 생각. 생각
속에서 나는 천천히 무너져간다.

갑작스럽게 죽은 이들 옆에서 잔인한 호흡법을 배운다.
아직 살아 있는 사람들을 사랑해야 하는 일이 내게는 무척
어렵다.

'버려진' 시들이 여전히 내게 더 가까운 것 같다.
살아보지 못한 삶이 '나'라고 우겨본다.

2016년 8월
이근화

창비시선 402

내가 무엇을 쓴다 해도

초판 1쇄 발행/2016년 9월 30일
초판 3쇄 발행/2017년 9월 28일

지은이/이근화
펴낸이/강일우
책임편집/이선엽
조판/박지현
펴낸곳/(주)창비
등록/1986년 8월 5일 제85호
주소/10881 경기도 파주시 회동길 184
전화/031-955-3333
팩시밀리/영업 031-955-3399 편집 031-955-3400
홈페이지/www.changbi.com
전자우편/lit@changbi.com

ⓒ 이근화 2016
ISBN 978-89-364-2402-2 03810

.